JN317915

嫁は二度さらわれる

愁堂れな

幻冬舎ルチル文庫

CONTENTS ✦目次✦

花嫁は二度さらわれる

✦カバーデザイン＝吉野知栄（CoCo.Design）
✦ブックデザイン＝まるか工房

イラスト・蓮川　愛

花嫁は二度さらわれる

僕には幼いときから抱《いだ》いていた夢がある。

愛する人と二人、楽園で暮らすという夢だ。

そこには愛と幸せしかない。涙で頬《ほお》を濡《ぬ》らすことも、不安で胸が締め付けられることも一切ない。

君を悲しませるものも、憤らせるものも何もない。君を和ませ、微笑《ほほえ》ませるようなことしかその楽園では起こらない。

君の幸せそうな微笑を眺めることが、僕にとってはまさに至福のときとなる。

僕の楽園はきっと君の笑顔を迎え入れたとき、真の意味で完成するに違いない。

1

「怪盗、ですか」

聞き違いかと問い返した僕に、丸山《まるやま》刑事部長は端整な顔を顰《しか》め小さく頷《うなず》いた。

「君がこのレトロな単語に戸惑うのも無理はない。私も最初報告が来たときには、一体なんの冗談かと思ったくらいだからな」

「はあ……」

僕の上司の丸山は警察学校をトップの成績で卒業し、四十三歳という若さで警視庁刑事部長の座に上りつめた、超がつくほどのエリートだった。その十五年後に同じく警察学校を首席で卒業した僕には何かと目をかけてくれ、今日のように直属の上司である捜査三課長を飛ばし、直接部屋に呼びつけることがよくあった。

彼のあからさまな贔屓《ひいき》が課内での僕の孤立を生む原因の一つでもあるのだが、それはさておき、そんな超エリートの彼に呼び出された用件が『怪盗』などという、それこそレトロな――陳腐と言ったほうがいいかもしれない――ものだったことに、僕は戸惑いを感じずにはいられないでいた。

「幸いなことに日本《にほん》では未だ被害は出ていないが、今、ヨーロッパでは『blue《ブルー》 rose《ローズ》』を名乗る窃盗団が横行しているというんだ」

「『blue rose』……青い薔薇《ばら》、ですか」

聞いたことがない、と首を傾《かし》げた僕に、丸山はその理由を教えてくれた。

「知らないのも無理はない。彼らによる犯行の一切が、メディアには公表されていないからな」

「なぜなのです？　いかにもマスコミの飛びつきそうなネタだと思いますが……」

当然の疑問を口にすると、丸山は「さあ」と肩を竦《すく》めてみせた。

「おおかたどこかで情報操作をしてるんだろう。ともあれ、先ほどインターポールから協力依頼があった。その『怪盗』が日本に出没する可能性が高いので、共に警護にあたってほしいとな」

「なんですって？」

いよいよ丸山が切り出した本題に、僕は柄にもなく驚きの声を上げてしまった。インターポールからの協力要請が来ることなど滅多にない。大掛かりだなと思う反面、インターポールはどのようにしてその窃盗団が日本に来るという情報を得たのだろうという疑問が生じる。

「どうして日本で犯行が行われる危険があるとわかったのです？　まさか予告状が来たとでも？」

さすがにそこまでレトロではないか、と思いつつ尋ねたのだが、

「そのとおりだ」

あっさりと丸山に頷かれ、僕は驚きも新たに彼を見返した。

「彼らの盗みの対象は、一般庶民には縁のない、美術館や博物館に陳列されるレベルの高価、かつ由緒ある美術品や宝飾品で、その所有者に向けいついつまでにいただく、と必ず予告状を出し、しかもその予告どおりに盗むのだそうだ」

「まるで映画か小説の世界ですね」

半ば呆《あき》れた声を出した僕に、

「確かに」

丸山も苦笑したが、すぐに表情を引き締めた。

「だが実際、彼らにより盗まれた宝飾品や美術品は数十点に上るという。笑い事ではないな」

「申し訳ありません」

茶化すつもりはなかったと頭を下げた僕の肩を丸山がぽん、と叩く。

「謝罪の必要はないよ。私も同じことを考えたからね」

「はあ」

「それで、今回その『予告状』が来たのが、だね」

丸山が僕の肩に手を置いたまま、話を続けようとする。学生時代アメリカに留学していたという丸山はスキンシップを好み、普段からよく僕の身体《からだ》に触れてきた。彼としては他意はないのだろうが、もともと他人と肩を組んだり握手をしたりということを苦手としていた僕には、時折過剰とも思える彼のこのスキンシップを苦痛に感じることがあった。

さりげなく身体を引くと、丸山は「ああ、失敬」とようやく肩から手を退《ど》け、ちら、と僕に意味深な視線を向けた。

「はい？」

「いや、君のあだ名を思い出してね」

「は？」

くす、と丸山が笑い上目遣いに僕を見る。

「『深窓の令嬢』『高嶺《たかね》の花』ああ、『姫君』というのもあった。畏《おそ》れ多くて近寄れない、触れるなどはもってのほかだ、というんだが、君の耳にも届いてるのかな？」

「いえ……」

否定はしたが、実際僕は自分がこれらの陰口めいたあだ名で呼ばれていることを知っていた。令嬢だの姫だのは女顔を揶揄《やゆ》したものだが、高嶺だの深窓だの言う輩《やから》は、僕がお高くとまっていると言いたいらしい。

警察学校を首席で卒業したあと、とんとん拍子に昇格試験に合格し、人に先んじて警視になった頃から僕は、常に遠巻きにされ始めた。もともと人付き合いはそれほど得意ではないゆえに、自分のほうから歩み寄っていくこともできず、警視庁捜査三課に配属されてからというもの、周囲から孤立した状態が続いていた。

丸山は多分、気安さをアピールしたつもりのスキンシップを僕が拒絶したのを敏感に察し、面白くなく思ったのだろう。それで僕のあだ名を持ち出し、当て擦《こす》ってきたと思われるが、苦手なものは仕方がないじゃないか、と僕は一人心の中で溜《た》め息をつき、話題が仕事へと移るのを待った。

「さてその予告状の話だが」

僕の心を読んだわけではないだろうが、丸山は何事もなかったかのように話を戻し、僕は改めて彼の話に耳を傾け始めた。

「三日後にお台場《だいば》のホテルで、バロア子爵家所有の宝物展という、オークションを兼ねた展示会が開催される。主催は日本のＩＴ企業で、イギリスからそのバロア子爵を招いて、代々伝わる宝飾品の展示や、絵画や美術品のオークションを行うらしいんだが、その子爵のもとに『blue rose』から盗難の予告状が届いたのだそうだ」

「三日後とは急ですね」

警備の準備が整うだろうかと案じながら相槌《あいづち》を打つと、

「ああ。あまり時間がない。そこでだ」

丸山は頷いたあと、また僕の肩を叩こうとしたが、「おっと」とわざとらしくその手を止めた。

「また君にいやな顔をされそうだからね」

「いえ、そのようなことは……」

まだ根に持っていたのかと内心呆れつつも慌てて首を横に振ると、丸山は「ジョークだよ」とあまり冗談には聞こえない声音でそう言い、改めて上司の顔になり僕に指示を与え始めた。

「成田《なりた》着十九時のエールフランスでインターポールから派遣された刑事が来日する。捜査三課と彼とで協力態勢を組み、展示会の警護にあたってほしい。インターポールとの窓口は本来国際部の管轄だが、君は語学が堪能《たんのう》だからな、今回は実務部隊の君に窓口になってもらいたいんだ」

「……わかりました」

堪能とまではいかないが、英語とそれにフランス語なら、日常会話に困ることはない。なるほど、それでお鉢が回ってきたのか、と納得していた僕に、

「日本の警察の組織力をＩＣＰＯ《アイシーピーオー》の刑事に再認識させてやってくれ」

頼んだよ、と丸山は笑い、来日する刑事のデータは後ほどメールで送るからと告げ部屋を辞するよう命じた。

成田までの所要時間を考えても、飛行機の到着時刻まではかなりの時間があった。その時間を僕は調べものにあてることにし、席に戻るとネットでまず、『blue rose』という窃盗団を検索してみたが、一切情報が流れていないという丸山の言葉どおり、ヒットするサイトはなかった。

続いてバロア卿のオークション兼展示会を検索すると、こちらはおびただしい数の記事がヒットし、日本でもかなり話題になっているのだなと改めて認識した。

主催は日本で一、二を争うIT企業で、この社の主催するネットオークションは今国内で最も有名といってもよかった。いよいよ国際舞台に打って出ようという試みだろうかと思いつつ出展物をざっとチェックし、頭に入れる。

そのうちに丸山から、これから僕が迎えに行くインターポールの刑事の写真がメールで送られてきた。キース・北条《ほうじょう》——年齢は三十二歳であるという。名前からして日系人だろうかと添付されたファイルを開いた僕の口から、思わず感嘆の声が漏れた。

「……へえ」

身分証明用らしい写真のその顔は、滅多に見ないほど整っている。黒髪と黒い瞳は確かに東洋人のものだったが、顔立ち自体はアングロサクソン系といおうか、欧米人に近かった。

刑事というより、ハリウッドスターが刑事の役を演じているといったほうがまだ納得できるかもしれない。これだけ美形であったら捜査にあたっていてもさぞ目立つだろうと思いつつ写真をプリントアウトし、その後もここ数年の美術品の窃盗事件をチェックしたり、今回の展示会の主催者であるIT企業について調べたりしているうちにそろそろ出かけなければならない時間になったので、一応課長に声をかけ、僕は署を出て覆面パトカーで成田へと向かった。

課長には別途丸山から連絡がいっていたようで、多くを問われないですんだのはありがたかったが、ICPOとの窓口を僕が任されたことに対してはやはり不満そうだった。

「月城《つきしろ》君は英語もフランス語も堪能だからな。通訳にはちょうどいいだろう」

あたかも僕の役目は通訳しかないようなことを言ったところをみると、現場の指揮は自分が執ろうという心積もりらしい。好きにしてくれと内心肩を竦め、僕は一路成田空港を目指した。

成田空港まではたいした渋滞もなく、キースの乗るエアフランス機の到着予定時刻よりはかなり早く着くことができた。

大勢の出迎え客が溢《あふ》れるロビーで、ひっきりなしに開くゲートの自動ドアから出てくる人人の姿を目で追いながら、そのあまりの人数の多さに、やはり部下を連れてくるべきだったかと僕は少し後悔していた。

孤立してはいたが、課内でナンバーツーの役職にいる僕の命令に従わない部下はまずいない。彼らがおおむね自分より年上であることに気後れを感じているのは、どちらかというと僕のほうだった。

自分でできることはついつい自分でしてしまう。今回も成田空港までの運転を任せればよかったものを、運転は嫌いでも苦手でもないからと一人で来たのだが、これだけの人数の中、写真でしか知らないキースをたった一人で探し出すのは困難かもしれない。

しまったな、と思いながらも、エアの到着時刻以降、ゲートのドアから吐き出される乗客たちの姿に必死で目を配ること三十分、

「あ」

一際目立つ長身の男がゲートから現れたのに、僕は慌てて彼へと駆け寄っていった。

「キース・北条さんですか」

一人では彼を見つけられないのではないかと案じるまでもなかった。百八十センチを超す長身と、サングラスをかけて尚《なお》、整っていることがわかるその顔はどれだけ多くの人数の中にいても一目で見つけることができるほどに目立っていたからだ。

「ああ、そうだが、君は？」

英語にしようか、フランス語にしようかと一瞬迷ったが、英語で問いかけた僕に彼は——

キースはサングラスを外し問い返してきた。

見れば見るほど端整な顔だった。僕をじっと見据える瞳は、写真では黒色に見えたが実はグリーンがかった濃いグレイで、見つめられると目が外せなくなるような強い光を湛《たた》えてい

る。

「失礼しました。警視庁の月城涼也《りょうや》と申します。インターポールからの捜査協力要請を受け、貴職との窓口を任せられましたのでお迎えに上がりました」

ついつい彼の顔に見惚《みと》れそうになりながらも、我ながらソツがないと思われる挨拶をし、最後によろしく、と頭を下げようとしたのだが、そのとき目の前のキースの唇が呆れたような笑いに歪《ゆが》んだ。

「それはそれはご丁寧に」

「あの」

彼の表情も口調も人を馬鹿にしているようにしか思えず、初対面の相手に失礼じゃないかと眉《まゆ》を顰《ひそ》めた僕に、キースはまたもにっと人を小馬鹿にしたような笑いを浮かべると右手を差し出してきた。

「よろしく。ミスター月城。俺のことはキースと呼んでくれればいい」

「よろしくお願いします。私のことは涼也とお呼びいただくので結構です」

ファーストネームで呼び合うほどの親しみは感じなかったが、バランスは大切だと、僕も彼に自分の名を改めて告げ、彼の右手を握り返した。

「あまり『結構』とは思っていないようだな」

キースは僕の心情をあっさり見抜くと、また例の人を小馬鹿にしたような笑いを浮かべ、

僕の手をすぐに離した。

「いえ、そういうつもりは……」

表情には出さなかったつもりだったが、と僕は慌てて言い訳めいたことを口にしようとしたのだが、そのときにはキースはもう僕にかまわず歩き始めていた。

「あの」

「これから会場となるホテルに向かいたい。ここまでは車で？」

小ぶりのスーツケースを引きながら、カツカツと靴音を響かせ颯爽《さっそう》と空港内を歩く彼の歩調は速くて、殆《ほとん》ど小走りにならないとついていけない。

歩調だけではなく彼の口調もやたらと速くて、英語が得意なはずの僕もヒアリングに苦労する部分があった。

「ええ、車です」

「では車内で説明しよう。日本での警備態勢についても聞かせてもらいたい」

息を切らせてあとを追う僕を振り返るどころか更に歩調を速め、キースが出口へと向かってゆく。本来なら僕が彼の荷物を持ち、「こちらです」と案内するはずであるのに、彼の先導で駐車場へと向かい停めていた覆面に乗り込むと、リクエストどおりにまずはお台場のホテルを目指すことにした。

渋滞し始めた高速を都内に向かって走る車内の会話でも、キースのリードは続いた。

「まずは急な要請に応《こた》えてくださった日本の警察に感謝する」

「いえ、当然の……」

　ことですから、という僕の相槌を待たずに彼は話を続けた。

「それではまず窃盗団『blue rose』について説明しよう」

「……お願いします」

　気が急《せ》いているのかもしれないが、なんだか感じが悪い。人付き合いについては僕も人のことは言えないが、最低限のマナーくらいは押さえている自信はある。少なくとも彼のように、会話として成立しないような話し方はしないぞと思いつつ打った僕の相槌は、またも彼には流されてしまったようだった。

「彼らの存在が明らかになったのは今から二年前だ。それ以前にも彼らの手による盗難と思われる事件はあったが、最初の数件は悪戯《いたずら》と思われていたらしく届け出がなされていなかった。まあ、今の時代『怪盗』が現れたなどと届け出ても、冗談としか受け取られなかっただろうから、仕方がない話だと思うが」

「二年も前から活動していたのですか」

　それでまったく情報が世間に漏れてないというのは凄《すご》い、と感心したあまり彼の話を遮ってしまった僕に、キースは初めて相槌らしい相槌を打った。

「ああ。イギリス、フランス、それにイタリアとドイツ……ああ、ウイーンでも被害が出ている。インターポールで把握している被害総数は十四件、被害総額は金額のつけられないものもあるが、ざっと見積もって八百億」

「八百億！」

あまりの金額の大きさに仰天し、つい大声を上げてしまった僕を見て、キースはまた小馬鹿にしたような顔で笑ったあと、内心むっとした僕に向かい話を続けた。

「しかも成功確率は今のところ百パーセントときている。完璧ともいうべき計画を立て、盗んだあとは手がかりの一つも残さない。盗まれた品物が市場に出回った形跡もないので、そこからアシがつくこともない。情けないことに彼らにはまさにお手上げ、という状態だ」

「手がかりは一つも残されていないとのことですが、彼らの人数や性別、国籍などもまるでわからないということですか」

インターポールをして『お手上げ』と言わしめるとは、と変な感心をしながら問いかけた僕に、キースは肩を竦めてみせた。

「ああ。わかっているのは、非常に頭がいいということと、度胸が据わっているということくらいだ。とはいえ、俺もつい先日担当に据えられたばかりなので、実際彼らの犯行を目《ま》の当たりにしたことはないんだが」

「そうだったんですか」

ということは今まで彼が偉そうに垂れていた講釈は、すべて人からの受け売りなのか、と

半ば呆れてしまっていた僕に、キースは悪びれることなく「まあね」と笑うと、

「まあ、新参者同士よろしく頼むよ」

握手という意味なのだろう、助手席から右手を差し出してきた。

「すみません、運転中なので……」

ハンドルを離せないこともなかったが、先ほどから僕はどうもキースの言葉のいちいちに、かちんときていたせいもあり、握手を断ったのだった。ただでさえスキンシップが苦手であるのに、あまり好感を持っていない相手と再び手を握り合う気にはなれない。

「ああ、失敬」

キースは僕の拒絶に頓着《とんちゃく》せず頷くと、

「次に今回の彼らの犯行についてなんだが」

出した手をさりげなく引っ込め、新たな話を振ってきた。

「今回、彼らが狙っているのは、バロア家に伝わる財宝の一つ、百カラットのサファイアのネックレスだそうだ」

「ああ、『幸福な花嫁の涙』とかいう……」

付け焼き刃の知識だったが、先ほどネットで検索した記事の中にその宝石の話題が出ていたのを僕は思い出していた。

「ああ、そうだ。よく知ってるな」

キースが初めて僕に対し、好意的な相槌を打ってくる。

「代々伝わる宝石だそうですね。今回の展示会の目玉だとか」

「ああ。家宝だそうなのでオークションには勿論《もちろん》かけないが、客寄せのために公開するんだそうだ」

「主催のIT企業、B社のアイデアらしいですね」

これもネットで得た知識だった。

「ああ。有名なモデルを招いてショーを開催するらしい」

キースが補足した説明も僕は既にネットで読んでいた。招かれたモデルはプロゴルファーでもあるという珍しい経歴の持ち主で、最近、人気急上昇中のイギリス人の少女だ。

「その『幸福な花嫁の涙』を盗むという予告状が届いたのですか？」

「そうだ。しかも予告状では、日本で開催される展示会で盗むと、日にちと場所まで指定してきた」

「大胆ですね」

頷きながらも僕は、ちょっと待てよ、と浮かんだ疑問を口にした。

「しかしそれなら、展示会にその宝石を持ち込まなければいいのでは？」

「なかなか鋭いことを言う」

キースが僕に向かってパチ、と片目を瞑《つむ》ってみせる。意外に長い睫《まつげ》が瞬く音に、なぜか僕

の胸はどきりと変に脈打ったのだが、

「まあ、当然といえば当然のサジェスチョンだがね」

続く彼の言葉にはまた、むかっときてしまい、わけのわからない胸の高鳴りどころではなくなっていった。

「しかしバロア卿はその当然のサジェスチョンに従わなかったということですか」

こうしてインターポールから刑事が派遣されているということは、宝石が日本へやってくるということだろう。

「『幸福な花嫁の涙』は展示会の目玉だ、ナシでは困ると主催者に押し切られたらしい。この不景気で、バロア卿の台所事情も苦しいらしく、今回のオークションはなんとしてでも成功させたいということで、主催者側の要請を断りきれなかったのだそうだ」

「しかしそれで家宝の宝石を盗まれるリスクを冒すというのもいかがなものかと……」

『幸福な花嫁の涙』は時価数十億とも数百億とも言われている。オークションに出される絵は一枚数千万が相場ということだった。損失としては比較にもならないではないかと僕は首を傾げたのだったが、

「リスクを冒してでも絵を売りたいんだろう。かなりの財政難だという噂だ」

キースはそんな僕の疑問を軽く流すと、僕への――警視庁への協力要請の内容を指示し始めた。

「まずは主催者側と話がしたい。バロア卿経由でサファイアが窃盗団に狙われているという連絡がいっているらしいが、どのような警備態勢をとっているのか確認し、警視庁協力のもと補強を行いたい」

「わかりました」

「その前に会場を見たい。ホテルにはあとどのくらいで到着するかな」

「少々お待ちください」

きびきびとした口調で与えられる彼の指示に、僕は慌ててナビを操作し、ホテルの場所を確認した。

「台場のNホテルでしたよね」

確認をとった僕に、キースの呆れた声が重なる。

「まさかと思うが、まだ一度も会場を訪れていないのか？」

「はい？」

まさかも何も、今日の今日、聞いた話じゃないかと逆に呆れて問い返した僕の横で、キースは僕以上に呆れた顔になった。

「あのなあ、インターポールから警視庁への協力依頼の連絡は、八時間以上前にあったはずだ。お前が指示を受けたのは一体何時間前だ？」

『お前』――蔑称《べっしょう》としか思えない呼びかけに、怒りのあまり一瞬言葉に詰まってしまった僕に、キースの怒声が飛ぶ。

「答えろ」

「ちょっと無礼すぎやしませんか」

落ち着け、と自身に言い聞かせても、怒りで声が震えてしまっていた。インターポールだかなんだか知らないが、なんだって初対面の男にこんな失礼な物言いをされなければならないのだと、僕はキースを睨《にら》みつけた。

「それを言うなら、ソッチは呑気《のんき》すぎるんじゃないのか？」

「なんですって？」

だがキースは僕の睨みなどどこ吹く風とばかりに更に無礼な発言を重ね、僕の怒りを煽《あお》った。

「呑気とはどういうことです」

「インターポールが警視庁に協力を要請したのは、展示会への警備の強化だ。普通に考えてまず、会場のチェックと今現在いかなる警備態勢が敷かれているかくらいはその場で確認しないか？　一体この八時間、お前は何をしてたんだ？」

またも聞き取ることが困難なほどの早口でまくし立てられた内容はあまりに正論で、僕はひとことの言い訳もできずに言葉を詰まらせてしまっていた。

「俺を迎えに来る暇があったら、会場に足を運ぶべきだろう。一体何をしてたんだ」

「パソコンで調べものを……」

遊んでいたわけではないのだという僕の弱々しい反論は、やれやれ、と言わんばかりのキースの大きな溜め息に掻《か》き消されてしまった。

「まあいい。会場に主催者と警備の担当者を集めてくれ。警備態勢を知りたい」

「……わかりました……」

「ほんと、頼むわ」

またもやれやれ、というように溜め息をついた彼にとっては、そのくらいの準備は既にして然るべしと言いたかったのだろう。

「……はい」

いくら急な話だといっても、彼の言うように時間的余裕は充分あった。その時間をパソコンでの調べものにあてた僕の判断は誤っていたと認めざるを得ない。

「失礼します」

主催者とも連絡を取り合うべきだったと、今更の自分の準備不足に内心唇を嚙《か》みながら、僕は無線を取り上げ、三課に連絡を入れた。

『どうした、月城』

「ピックアップは無事終わり、これから会場となる台場のホテルに向かいます。北条氏より、主催者とそれから展示会の警備責任者と会場で打ち合わせをしたいとの要請がありました。

先方への連絡と、ホテルで会場を見せてもらえるよう至急の手配をお願いします」

キースからの要求を一つの漏れもないよう頭の中でまとめ上げ、指示を出した無線の向こうでは応対に出た課員が慌てた声を出した。

『ちょっと待て、さっき課長の仕切りで明日の午前中にすべての関係者を集めると各所に連絡をとってたぞ』

「明日の午前中ですか……」

どうするか、と僕は傍らのキースをちらと見やった。課長は僕ほど抜けてはいなかったらしく、押さえるべきところは押さえていたようだ。ただタイミングが半日ずれただけだが、この半日のタイムラグはキースの許容範囲か否かは僕には判断がつかなかった。

「あの……」

おずおずとキースに状況を説明すると、キースは今まで以上に呆れた顔になり、ひとこと、

「呑気だな」

そう言い捨て、ふいとそっぽを向いた。

「……すみません」

仕方なく僕は無線を取り上げ、明日の午前中では遅い、これからすぐ集めるようにという指示を伝えた。

『明日の午前中では駄目なのか』

無線の向こうの反応は予想どおり芳しくなく、最後には課長まで出てきたのだが、僕は「お願いします」とゴリ押しした。

間もなく課長から、すべての段取りがついたという連絡があった。

『まったく。どれだけ無理させるんだ』

課長にはさんざん嫌みを言われたが、ＩＴ企業Ｂ社の展示会責任者と、Ｂ社が警備を依頼した民間の警備会社の責任者には了解がとれ、展示会に使う予定の場所もホテルに提供してもらえることになったという。やれやれ、と思いつつ僕は課長に礼を言って無線を切ると、先ほどからずっと車窓の風景を眺めたまま口もきかないでいたキースに声をかけた。

「ご依頼どおり、関係者をすべてホテルに集める段取りがつきました。展示会が開かれる予定の宴会場も押さえてあります」

「そうか」

僕とて彼が、『よくやってくれた』と感嘆の声を上げるような過剰なリアクションをとることなど期待していたわけではなかった。

だが僕の言葉に、彼がさも当たり前のことを聞くかのような相槌を打っただけで終わったのには、もとはといえば自分が悪いとは思っても憤りを覚えずにはいられなかった。

「あの……」

できていなかったこと自体が問題と言われてしまっては立つ瀬がないが、インターポールと警視庁の間には上下関係は存在しない。キースの要請どおりに我々が動いたのは『協力』であるのだから、それに礼一つ言わないのは無礼以外の何ものでもない。

憤るままに口を開きかけた僕だったが、実際に怒りの言葉を口にすることはなかった。

「会場の見取り図も用意してもらったほうがいい。ホテル全体のものも欲しい。あとは宿泊客のチェックだ。連絡先を偽っている宿泊予定者がいないかのチェックは必要だろう。それからそうだな……」

僕の顔色など一切関知しない様子で、キースが依頼事項を並べ立て始めたからだ。

「…………」

インターポールだかなんだか知らないが、なんて失礼な男なんだ、と僕は次々と要望を挙げてゆく彼の俳優のように整った顔を横目で睨みながら、こんな男と捜査三課の窓口を任ぜられた今後の己の業務を憂い、心の中で深く溜め息をついたのだった。

2

　高速が少し渋滞していたせいで、台場のNホテルへの到着時間は予定よりも二十分ほど遅れてしまった。

　車寄せでは部下の山下《やました》が立っていて、僕の運転する覆面を目ざとく見つけ、駆け寄ってきた。

「警視、先ほどから課長が苛々《いらいら》しながらお待ちです」

「わかった」

　山下は今年配属になったばかりの、三課では唯一僕より年下の部下だった。柔道では黒帯、しかも五段だか六段だかの、大学時代は全日本の候補に挙がるほどの実力者だったそうなのだが、とてもそうは見えないひょろりとした背格好の気のいい男で、課員たちが皆課長側につき僕を遠巻きにする中、彼だけがいかにも武道家らしく中立の立場を保ってくれている。

「車は僕が停めておきますので」

「頼む」

　山下の申し出を受け、僕はキースを連れて会場へと向かうことにした。

「こちらです」

展示会の会場となるのは地下にある、一番広い宴会場という話だった。エレベーターに乗り込みボタンを押したとき、キースのもの言いたげな視線を感じた。

「何か」

「いや、てっきりパシリかと思っていたが、違ったのかと驚いているところだ」

「……は？」

にっと笑いながらキースが告げた言葉の意味がわからず問い返すと、彼は相変わらず無礼としか思えない答えを返し僕をむっとさせた。

「空港に迎えに来る、仕事の中身は殆ど把握してない、それにそのルックスだ。新人がわけもわからず迎えに来させられたのかと思っていたが、『警視』というのはかなり高い役職なんだろう？　意外だなと思ってな」

「………………」

なんて失敬な——確かに二十八歳という年齢より若く見られることは多かったが、新人と間違われたことは今までなかった。その上、仕事を把握してないだのパシリだの、よくもまあこれだけ失礼なことを並べ立てられるものだ。何か言い返してやりたかったが、咄嗟《とっさ》には言葉が出てこない。いつもその場では黙り込み、あとからああ言ってやればよかったと後悔するのが定番の僕は、昔から感情を言葉で表現するのが苦手という欠点を持っていた。

今だって相手をへこませるようなことを言ってやりたいのに、何も言葉が浮かばない。畜生、と思っているうちにエレベーターはあっという間に宴会場のフロアへと到着してしまい、結局僕は何を言い返すこともなく、

「こちらです」

せいぜいが無愛想な口調になることしかできず、相変わらず人を食ったような笑みを浮かべている彼を会場へと導いたのだった。

「遅かったな」

会場となる宴会場には、警視庁捜査三課の赤沼《あかぬま》課長をはじめとする数名の同僚の他、見知らぬ男たち数名が既に集まっていた。

「申し訳ありません。渋滞に巻き込まれました」

「謝罪はいいから紹介を」

赤沼がいつもどおりの嫌みな口調で促してくる。

「失礼しました。こちらが……」

「はじめまして。インターポールのキース・北条です」

紹介の労を執ろうとした僕の声にかぶせキースが口を開いたのに、その場にいた全員が唖《あ》然《ぜん》として彼を見やった。

というのも彼が発した言語が、あまりに滑らかな日本語だったからだ。

「え……」

これだけ流暢《りゅうちょう》な日本語を操れることをなぜ今まで黙っていたのかと、驚くと同時に怒りが込み上げてきて、僕は我ながら凶悪な目でキースを睨みつけてしまった。

キースはそんな僕にちらと一瞥《いちべつ》を与えただけで、視線をすぐに赤沼へと戻したが、一瞬彼の顔に浮かんだ嘲笑《ちょうしょう》としか見えない笑いに僕の腹立ちは益々増し、頭に血が上っていった。

「警視庁捜査三課長の赤沼です」

赤沼が慌ててキースに向かい右手を差し出し握手を求める。

「日本語が堪能でいらっしゃいますが、日本にいらしたことは？」

「初めてです」

言葉少なく挨拶を返すキースに、赤沼がまた驚きの声を上げる。

「初めてなのにこれだけ流暢にお喋《しゃべ》りになるとは。何か特別な訓練でもお受けになったのですか？」

「私の語学能力よりまず、三日後に迫った展示会の話をしませんか」

好奇心丸出しの赤沼の問いかけをキースがぴしゃりと封じた。

「これは失礼……」

赤沼がむっとした顔になる。確かに正論ではあるが、言い方というものがあるだろうと言いたげな彼の顔を前に、キースの失礼な物言いが自分に限られるものではないということがわかって僕の溜飲《りゅういん》は少しだけ下がった。だが、今はそんな子供っぽい感情に囚《とら》われている場合ではないということを間もなくいやというほど思い知らされることになった。

「それでは紹介しましょう。こちらが今回のバロア卿の宝物展を主催した、日本でも有名なIT会社、B社の木村《きむら》専務と斉藤《さいとう》広報部長、それからあちらがB社が警備を依頼した東京《とうきょう》中央警備保障の近藤《こんどう》部長です」

「よろしくお願いします」

「よろしく」

皆が頭を下げるのに、キースは軽く頭を下げ返したあと、

「早速ですが」

といきなりとんでもない話を切り出し、周囲は騒然となった。

「三日後の展示会だが、『幸福な花嫁の涙』を出さないという方向で仕切り直してもらいたい」

「なんですって？」

「それは無理ですよ」

開口一番、しかも居丈高としか感じられない口調で言い放たれた言葉に、関係者全員が非難の声を上げる。

「宝石が展示されなければ盗難される恐れはない」

「何も盗まれると決まっているわけじゃないでしょう。一体なんなのです。いきなり警察に呼び出されたと思ったら今度は展示を差し止めろ？　あなたねえ、なんの権限があってそんな非常識な命令をするんです？」

キースの一方的な物言いに、一番に切れたのはB社の広報部長、斉藤だった。彼の仕切りで展示会は開催されるらしく、キースの胸倉を摑《つか》まんばかりに食ってかかるのを、横から専務の木村が「まあまあ」と制しようとする。

「例の窃盗団についての情報は日本には開示されていませんので……」

赤沼がキースをとりなそうとしたのに、

逆にキースは彼に呆れた目線を向けた。

「まだ話してないのか？」

「ええ、まあ……」

せっかくの自分のとりなしを無にしたばかりか、馬鹿にされたと感じたらしい赤沼の顔が険悪になる。キースはそんな赤沼の目線を綺麗《きれい》に無視し、興奮している斉藤へと向き直った。

「バロア卿からは連絡が入っていると思うが、展示される予定の『幸福な花嫁の涙』には盗難予告がなされている。展示会に出展さえされなければ盗難の危険はない。なぜそれがわからないのか」

「さっきも言いましたが予告されたって盗まれると決まったわけじゃない。盗まれないよう警備に気を配ればいいことです。バロア卿も最後は納得しましたよ。なんといってもあの百カラットのサファイアがあるとないとでは客の集まりも違う。モデルのアンジェラまで招いての盛大なレセプションを今更中止するわけにはいかないんですよ」

「会場の警備については我々が責任を持ってあたっております。警察も補強してくれるといいますし、ご心配いただくようなことはないかと思いますが……」

斉藤の怒声に続き、警備会社の近藤がキースに胸を張ってみせている。

「無理だ。今まで彼らは——『blue rose』という窃盗団は奇想天外な手段であらゆる警備網を潜《くぐ》り抜けている。数百人——いや、数千人警備員を動員しても守りきれるとは言えないだろう」

そんな二人の話を一刀両断のもと斬り捨てたキースに、またも室内は騒然となった。

「そんな物騒な奴らを野放しにしている警察に問題があるんじゃないのか」

「そうだ、逮捕しておけばこんなことにはならなかった」

口々にキースを、果ては我々警視庁の人間を責め立ててくる彼らに、たじたじとしているのは僕らばかりで、キースは涼しい顔で喚《わめ》き散らす関係者たちを眺めているだけだった。

「確かに警察にも問題がありますが、それでもですね」

一向に場を収めようとする気配のないキースの様子に、赤沼は自分が出ていくしかないと諦《あきら》めたらしい。いやいやであることがあからさまにわかる口調ではあったが、激昂《げっこう》するB社

や警備会社の人間たちの前で両手を広げると大声を上げ、彼らの注目を集めようとしたそのとき、

「『幸福な花嫁の涙』の展示は予定どおり行うよ」

凛《りん》とした声が室内に響き渡ったのに、喧騒《けんそう》に包まれていた室内に一気に静寂が戻った。場を鎮める効力を遺憾なく発揮したその美声の主に、皆の注目が集まる。

「…………」

御多分にもれず僕も声の主を振り返ったのだが、目に飛び込んできたあまりに印象的なその姿に、他の皆と同様、ぽかんと口を開け、じっと見入ってしまっていた。

いつの間にか開け放たれていた扉の向こう、にこやかに微笑みながら佇《たたず》んでいたのは、美声を裏切らない美しい容姿の白人の青年だった。

身長は百八十センチ以上あると思われる。白皙《はくせき》の美貌《びぼう》というのはまさにこういった顔を言うのだろうというような、整った顔立ちの男がゆっくりと室内に足を踏み入れてきた。

シャンデリアの灯《あか》りを受け、肩のあたりまで緩やかなウエーブを描いている見事な金髪が煌《きらめ》いている。澄んだ湖を思わせる青い瞳といい、高い鼻梁《びりょう》といい、笑みを湛えた形のよい唇といい、神の手による完璧な美の造形としか思えない美貌の青年の突然の登場に、今や室内はしん、と静まり返り、誰一人として口を開こうとする者はいなかった。

毛足の長い絨毯《じゅうたん》が彼から足音を奪っているせいか、動作がやたらとしなやかに見える。

品位と知性を感じさせる美しい顔を、相変わらずぽかんと口を開け見入ってしまっていた僕は、不意にその美貌の青年から視線を向けられ、はっと我に返った。

「あ、あの……」

一体誰なのだ、と尋ねようとした僕の声は緊張のあまりひっくり返ってしまっていた。くす、と目の前の美貌の青年が笑ったのに、頭にカッと血が上ってゆき、胸の鼓動が速まって益々言葉が出なくなる。

「失礼、あなたは誰です？」

あわあわするばかりの僕の横から、やたらと冷静な声が響き、室内を覆っていたある種独特の空気が一気に失《う》せた。

「あ……」

僕を——そして皆を我に返らせたその冷静な声の主は、ある意味予想どおりといおうか、傍若無人なインターポールの刑事、キースだった。

「人に名を尋ねるときにはまず自分が名乗るのが礼儀だと思いますが」

キースの問いに、美貌の男はにこやかな笑みで答え、小首を傾げるような仕草で逆に彼に問い返した。

「キース・北条。インターポールの刑事だ」

名乗ったキースに、男はゆっくりと歩み寄り右手を差し出した。

「私の名は、ローランド。ローランド・バロア」

「バロア……ということはバロア子爵？」

　この美貌の男がイギリスの貴族、バロア子爵だというのか、というざわめきが室内を走った。

「バロア子爵はもっと高齢の方だと伺っていましたが」

「息子さんなんですよ。今、子爵本人は入院中でかわりにご長男のローランド氏が今回の展示会の窓口になってくださってます」

　眉を顰めたキースに、B社の木村が口早に説明をしたあと、打って変わったにこやかな顔でローランドに歩み寄ってゆく。

「確かご予定では、明日、日本にいらっしゃることになっていたのでは……」

「少し観光をしたいと思いまして、来日を早めました」

「それはそれは。どこか観光なさりたい場所がありましたら、当社の人間にアテンドさせましょう」

　下にも置かない待遇とはこういうことを言うのだろうという態度の木村に対し、ローランドはどこまでも淡々と接していた。

「いや、結構。聞けば随分大変なことになっているようではないですか」

　言いながらローランドがぐるりと周囲を見回すのに、それまで呆然《ぼうぜん》と彼らの姿を見やっていた赤沼が、慌てて彼へと駆け寄り深く頭を下げた。

「お初にお目にかかります。警視庁捜査三課の赤沼です。バロア卿でいらっしゃいますか」

「そうですが」

赤沼のたどたどしい英語に、ローランドが眉を顰める。加勢したほうがいいかと僕は彼らに駆け寄り、課長の横に立って頭を下げた。通訳を買って出ようとしたのである。

「君は？」

「はじめまして。同じく警視庁捜査三課の月城です。今、三日後に開催される展示会の警備について関係者を集め打ち合わせをしているところです」

名を告げ、簡単にこの場の状況を説明した僕に、ローランドが右手を差し出してきた。

「よろしく。ミスター月城」

「…………」

シャンデリアの光を受けてきらきらと輝いていた青い瞳が真っ直《ます》ぐに僕を捉《とら》えたあと、微笑みに細められる。綺麗だ、と思わず見惚れてしまったせいで、一瞬返事が遅れてしまったのだが、

「ん？」

どうしたのというようにローランドがその端整な顔を僕へと近づけ、顔を覗《のぞ》き込んできたのに、はっと僕は我に返った。

「失礼しました。どうぞよろしくお願いいたします」

頭にかあっと血が上ってゆくのがわかる。きっと僕は今、ゆでだこのような赤い顔をしているに違いなかった。

「緊張しているのかな。どうかリラックスしてくれたまえ」

ローランドがくす、と笑い、僕の手を軽く握って離したのに、横から赤沼が、

「よろしくお願いします」

と自ら右手を差し出す。

「よろしく」

だがローランドは、にっこり微笑みはしたものの彼の手を握り返すことはなく、赤沼は出した右手を引っ込めざるを得なくなった。

「早速なんですが……」

バツの悪い思いを会話で流そうと赤沼は口を開いたのだが、英語力が追いつかなかったらしい。

「おい」

低く僕を呼ぶと、通訳をしろとばかりに小声でまくし立てた。

「さっき『幸福な花嫁の涙』の展示を予定どおりするとか言ってたようだが、思いとどまってほしいと言ってくれ」

「わかりました」

どうやら赤沼は英語を喋れないだけで、ヒアリング能力には長《た》けているらしい。赤沼に言われて初めてローランドの第一声を思い出すとは、と内心落ち込みつつ僕は彼の言葉をそのままローランドに伝えた。

ローランドは僕の話を笑顔で聞き終わったあと、ひとこと、

「考え直す気はないよ」

あっさりとそう答え、僕と赤沼を絶句させた。

「『幸福な花嫁の涙』は今回の展示会の目玉だ。あんな、悪戯かもしれない予告状が来たからといって展示を中止することはできない。皆、我が家に伝わる家宝の、あの宝石を見に来るといっても過言ではないだろうからね」

黙り込んだ僕たちに向かい、ローランドがにこやかに笑いながら言葉を続ける。穏やかな口調ではあったが、彼の言葉には決して誰にも口を挟ませないというような迫力があり、僕も赤沼も益々言葉を失ってしまっていた。

「悪戯じゃなかったらどうする」

だがそのとき会場内にぶっきらぼうな声が響き、人々の注目は今度はその声の主に——キースに集まった。

「ミスター北条でしたか」

ローランドの視線もキースへと移る。

「悪戯ではないとおっしゃる根拠は？」

「悪戯だと思う根拠を先に聞きたいね」

ローランドの迫力に負けず劣らずキースの口調には、人を圧倒するような何かがあり、二人のやりとりに室内には一気に緊迫した空気が流れ始めた。

「今の時代に『怪盗』ですよ？　悪戯と思わないほうがどうかしているでしょう」

「その『怪盗』による被害が実際出ているということは説明しているはずだ。悪戯でもなんでもない。『blue rose』は実在し、盗難被害も出ている」

「信用できません。本当に被害が出ているのなら、なぜマスコミに情報が流れないのです？　周囲の人間に聞いてみましたが、誰一人としてそんな怪盗の存在を知る者はいませんでした。もし本当に被害が出ているのだとしたら、それを誰も知らないなどということがこの情報化社会にあり得ますか？」

「マスコミに情報が流れないのは、模倣犯を防ぐためだ。被害者側より情報の漏洩《ろうえい》があってもおかしくないとは当方でも思っているが、なぜかまったく流出しない」

「そんな馬鹿な話があるものですか」

「馬鹿でもなんでも、盗まれてからでは遅い。あんたも家宝のサファイアを盗まれたくないだろう？　盗難を防ぐためには出展を取りやめるのが一番の得策だ。なぜそれがわからないんだ」

「わかるもわからないも、私は怪盗の存在自体を信じていません。出展はします。警備は充分だと思いますが、補強したいというのなら止めません」

柔と剛といおうか、穏やかな口調ではあるが一歩も譲らないローランドと、きつい口調で相手をねじ伏せ押し切ろうとするキースの言い合いは、どこまでも平行線を辿《たど》るように思われた。

「いつまで続くんだ」

赤沼がこそりと僕の耳元に囁《ささや》いてくる。B社の木村と斉藤、警備会社の近藤も一体どうしたものかというように、二人のやりとりを見つめていた。

「……さあ……」

首を傾げたものの、端《はな》から勝負はついていることに僕は気づいていた。持ち主であるローランドが出展するというのを警察に止める権利はない。圧倒的に不利であるのに、あたかも周囲に互角と思わしめるキースの論調はある意味天才的ともいえるなと僕は密《ひそ》かに感心していた。

相手がローランドでなければ、キースは自分の主張を通していたに違いない。だがこのローランドがまた、キースに負けず劣らず弁が立つという時点で、勝敗はあっさりとついてしまった。

「これ以上お話しすることはありません。展示会のスケジュールは現行どおり、いいですね」

ローランドがキースに告げたあと、B社の人間を振り返る。

「か、かしこまりました」

「お任せください」

慌てて木村と斉藤が駆け寄るのに頷き返すと、なぜかローランドは僕へと視線を向けてきた。

「君、ミスター月城」

「はい?」

名指しで呼ばれ、戸惑いながらも僕も彼の前へと駆け寄った。

「日本の警察の犯人検挙率は世界でも上位であると聞いています。『幸福な花嫁の涙』、是非とも守っていただきたい」

「はい。全力を挙げて取り組ませていただきます」

赤沼の恨めしげな視線を感じつつも、日本警察の威信のためにと僕は大きく頷き、任せてくださいと胸を叩いた。

「頼もしいね」

ローランドは、にこ、と微笑むと僕の肩をぽんと叩き、

「それでは失礼するよ」

周囲を一瞥したあと踵《きびす》を返して部屋を出ていってしまった。

「待ってください、ローランドさん」

慌ててB社の木村と斉藤が彼のあとを追う。

「結局展示会は予定どおりということか」

やれやれ、と赤沼が溜め息をついたのに、すべてキースに任せていたくせに、と僕は内心憤りつつ彼を振り返った。

「仕方がない。彼の言うよう、我々には展示を差し止める権限がないからな」

キースは赤沼に何も思うところがないのか、あっさりそう言い肩を竦めてみせたあと、

「それならそれで、警備に万全を期するまでだ」

まるで何事もなかったかのようにそう言い、ぐるりと周囲を見渡した。

「…………」

切り替えが早いな、と感心していた僕とキースの視線がかちりと合う。グリーンがかったグレイの瞳に見据えられ、なぜか僕の胸はどきり、と変に脈打ち僕を慌てさせたのだが、

「ボーヤも張り切ってたしな」

次の瞬間、キースが顔を笑いに歪めながら口にした言葉のあまりの失礼さには、怒髪天をつくというほどの怒りに身体を震わせてしまった。

「ちょっと待ってください。ボーヤって僕のことですか」

「失敬。リョーヤだったか」

間違えた、と笑ったキースの言葉に、周囲の人間もくすくす笑い始める。

「確かにボーヤというに相応《ふさわ》しい外見だしな」

赤沼などは日頃の鬱憤《うっぷん》もあるのか、聞こえよがしにそんな失礼なことを言い、大声を上げて笑っていた。

ローランドとの丁々発止のやりとりに感心したのが、なんだか損したように思えてくる。どこまでも感じが悪いと凶悪な視線を向けた僕に、キースは、

「ジョークだよ」

悪びれもせず笑ったあと、「話を戻そう」と手を叩き室内のざわめきを制した。

「まずは現行の警備態勢について。警備員は何人、どこへの配置を考えている？」

「会場内に二十名、会場の三つの入り口にそれぞれ四名、計十二名、ホテルのエントランスと駐車場、合わせて三十名の配置を予定しています」

警備会社の近藤が答えたのにキースは頷くと、今度は赤沼へと視線を向けた。

「警視庁の補強は？」

「制服警官を会場内に十名、私服を二十名、会場入り口には制服を二名ずつ、ホテルエントランスと駐車場にもそれぞれ十名ずつ派遣する予定です」

赤沼が答えたのにキースは「足りないな」と首を横に振った。

「足りませんか」

赤沼が戸惑った顔になる。

「ホテル周辺に、少なくとも百名の配置が必要だ。神出鬼没でどこから現れるかわからないからな」

「百名！」

「少なくともだ。多い分にはいくらいてもかまわない」

驚きの声を上げた赤沼に、キースは当然だというように頷いたあと、また近藤へと視線を向けた。

「それで今、『幸福な花嫁の涙』はどこに？」

「まだイギリスの銀行の貸金庫の中です。展示会前日に我々の社の者がバロア卿立ち会いのもとで金庫から運び出し、日本へと運びます」

「それにも護衛をつけよう」

キースはそう言ったあと、ふと何かを思い出したように笑った。

「どうしたんです？」

この非常時に何を笑っているのだと、赤沼が非難の視線を向ける。

「いや、予告状で彼らは『日本での展示会開催時に』と明記しているから、輸送途中に襲われることはないかと思っただけだ」

キースの答えに、赤沼が呆れた声を上げた。

「そこまで予告状が信頼できますかねえ」

「できる」

断言するキースに、皆の驚きの視線が集まる。

「今まで彼らは予告を違《たが》えたことがない。フェアプレイ精神を発揮しつつ警察を出し抜く、それが彼らのスタイルらしい」

「だからといって、今回もそうとは限らないのでは……」

どうも赤沼はキースに対して反感を抱いているようだ。まあ、僕も彼の失礼な物言いには随分むっとはしているのだけれど、捜査に関しては今や一目置いていた。

刑事としてはやり手なのではないかと思う。問題はその性格だ、と思っていた僕の心を読んだかのように、キースがちらと僕を見た。

「勿論万全は期すよ。だがこの会場内で犯行が行われる確率が一番高いということは忘れるな」

キースの言葉に、室内に一気に緊張が走る。僕もぐっと拳《こぶし》を握り締め、なんとしてでも盗難を防ぐのだと自身に言い聞かせていたのだが、そんな僕にキースはまた、にやりとあの人を小馬鹿にしたような笑いを向けてきた。

「ボーヤもさっき叩いた大口に負けないよう、頑張れよ」

「だから誰がボーヤなんですか」

先ほど感じた緊張感も失せる憤りが芽生え、ふざけるな、と彼を睨みつけた僕の周囲で、またどっと笑いが起こった。

「気に障ったら謝る」

ジョークだとキースが笑って肩を竦めてみせる。

刑事としてはどれだけ優秀かは知らないが、人付き合いの基本がまるでなっちゃない。どうして初対面の僕がここまで馬鹿にされなければならないのだと、キースに対する僕の憤りは今や最高潮に達していた。まさかこの先、そんな憤りなど吹っ飛んでしまうほどのとんでもない状況が待ち受けていることなど、未来を予測する力のない僕にわかるわけもなく、僕の怒りなどどこ吹く風とばかりににやついているキースをぎりぎりと歯噛みしながら睨み続けた。

3

「まったく……冗談じゃない」

バスルームでシャワーを使う音が室内に響いている。広々とした室内にダブルサイズのベッドが二つ並んでいるこの部屋は多分、エグゼクティブツインとでもいうんだろう。

普段の僕なら予約することすら考えないであろうこの豪華な部屋に、なんと僕は今夜から宿泊することになってしまった。

しかもあのキースと一緒に――まったく冗談じゃない、と僕はまた大きく溜め息をつくと、スプリングのきいたベッドにごろりと寝転がり、こんな思いもかけない展開を生んだキースとのやりとりを思い出していた。

ローランドが立ち去ったあと、警備会社と警視庁、それにキースで会場の警備に関する打ち合わせを行ったのだが、それぞれの言い分を通そうと議論が白熱したせいで、とりあえず今夜は解散しよう、と赤沼が言いだしたときは既に時計の針は午前二時を回っていた。

キースは台場のこのホテルに部屋を既に予約していた。僕たちは当然、それぞれの自宅に戻ろうとしていたのだが、なんとキースが僕を名指しで同じホテルに宿泊するよう、要請してきたのだった。

「既に窃盗団の人間がホテルに宿泊しているかもしれない。それに何かあった場合、現場近くにいるといないとでは初動捜査に雲泥の差が出るだろう」

当然誰かは泊まり込むものかと思っていた、とまで言われ、まさにぐうの音も出ない状態に陥ってしまった僕は、彼の言うように今夜からこの高級ホテルに泊まり込むことにしたのだが、運の悪いことに空室がなかった。

展示会がらみで既に部屋は展示会当日まで満室であると言われ、どうするかと困っていたところにキースが、

「ツインを予約してあるから、俺の部屋に来ればいい」

と有り難くも——勿論嫌みだが——誘ってくれたのだった。

だいたい男二人で一つの部屋に泊まるなんて、それだけでも充分堪弁してもらいたいのに、しかもその相手がどうも虫が好かないといおうか、自分のことを馬鹿にしているとしか思えない男だということで、僕は「結構です」と断りかけたのだが、上司がそれを許さなかった。

「背に腹は代えられないだろう」

赤沼としては、キースに警視庁全体を馬鹿にされたと思ったらしい。なんとしてでも僕をホテルに残そうとしたせいで、さっさと僕の代わりにキースに「お願いします」と返事をしてしまい、それで僕は、本人まるで望んでいないにもかかわらず、展示会が終わるまでの間、

あの失礼極まりない傍若無人男、キースと一つ部屋で過ごさざるを得なくなってしまったのだった。

着替えは明日の昼間家に取りに帰ることにし、ホテルの売店で下着だけ購入して部屋に戻ると、キースはシャワーを浴びていた。

今夜の解散は午前二時だったのに、キースは明日の朝七時から会場内の点検をしたいとホテル側に申し入れていた。まったくタフというか仕事熱心というか、と溜め息をついたときにシャワーの音がやみ、バスルームのドアが開いた。

「失敬。先に使わせてもらった」

「いえ……」

声をかけられ振り返った僕は、バスタオル一枚腰に巻いただけのキースの裸体に目が釘付けになっていた。

鍛え上げられた身体というのはまさにこういう体格を言うのではないかと思う。スーツ姿の彼は随分着やせをしていたらしい。厚い胸板、逞《たくま》しい肩、引き締まった腹筋と、決してデコラティブではなく研ぎ澄まされたという表現が相応しい筋肉のつき方に、いい身体をしているなあ、と僕は思わず見惚れてしまったのだが、

「どうした、ボーヤ」

にやり、とキースが笑って声をかけてきたのに、はっと我に返った。

「いえ、なんでも……」

同性の裸に見惚れてしまった動揺から、『ボーヤ』と呼ばれたことを咎《とが》めることも忘れ、僕は慌てて首を横に振ったのだが、頭にはかあっと血が上ってきてしまっていた。

「ぼんやりしてないで早く寝たほうがいい。明日も早いからな」

「………」

だがまるで保護者のようなことを言うキースの言葉には、言われなくてもそうするよ、とまたもカチンときてしまい、返事もせずにバスルームへと駆け込み背中でバタンと戸を閉めた。

「まったく……」

洗面台の大きな鏡に、やけに紅潮した自分の顔が映っている。なんであんな男相手に顔を赤くしなきゃならないんだ、と僕は両手で自分の頬を軽く叩くと、それこそ早く寝ようと手早くシャワーを浴び、バスローブを身につけ浴室を出た。

それほど時間は経《た》っていないはずだが、部屋の灯《あか》りは僕のベッドサイドを残してすべて消され、キースは既にベッドに入っていた。耳を澄ますと規則正しい呼吸音が聞こえ、もう眠ってしまったようだとわかる。

「………」

明日も――いや、展示会が終わるまでの間、ずっとこの男と朝から晩まで顔を突き合わせなければならないのかと思うと憂鬱にもなったが、個人的な感情よりもまず展示会を無事に終わらせることだと気持ちを切り替え、明日に備えて僕も早々にベッドに入って灯りを消した。

エアコンの音だけが響く真っ暗な室内、傍らのベッドからキースの微《かす》かな寝息が聞こえてくる。

「…………」

顔もスタイルも、そして仕事ぶりも素晴らしいのに、どうしてああもカチンカチンとくるようなことばかり彼は言ってくるのだろう――眠らなければ、と思うのに僕の頭には彼の端整というには余りあるほどの整った顔や、先ほど見たばかりの逞しい裸体が次々と浮かび、眠気を奪っていった。

『ボーヤ』

人を馬鹿にしてるとしか思えない呼び名を告げる、バリトンの美声が僕の耳に甦《よみがえ》る。

何がボーヤだ。明日またそんな呼び方をしたら、どういうつもりなのかをきっちり問い質《ただ》してやろう。熱くなってしまったからか益々目が冴《さ》えてくるのを、眠らなければ、と無理に目を閉じ上掛けを被《かぶ》る。

だがなかなか睡魔は訪れてはくれず、キースの規則正しい呼吸音の聞こえる中、僕はごろごろとベッドの上で寝返りを打ち続け、殆ど眠れぬままに朝を迎えることとなった。

翌日は朝からキースと警備会社との打ち合わせが続き、とても着替えを取りに戻るどころではなくなってしまった。

仕方なく部下の山下に頼んでスーツと下着を部屋から持ってきてもらったのだが、山下をはじめとする捜査三課全体が、キースの仕事ぶりにはただただ感心していた。

あまりに緻密《ちみつ》で漏れがない。充分すぎるほどだと思っていた警備の穴をいくつも指摘され、警備会社も、それを見逃していた捜査三課も彼には頭が上がらなくなっていた。

「大変かと思いますが頑張ってください」

キースと三課との窓口を任ぜられたことを山下は酷《ひど》く同情してくれ、激励しながらスーツを届けてくれたのだが、実際朝から晩まで彼と行動を共にする僕はその日、あまり寝てないこともあり疲れ果ててしまっていた。

「それにしても、さすがインターポールですよねえ。頭のデキがまったく違うような気がします」

「……まあね」

山下の言うとおり、キースと我々の間には、認めたくはないが大きな格差があった。それが山下の言うようなインターポールと警視庁の差なのか、はたまた個人的な差なのかと考えると、自分の力不足を見せつけられるようで正直面白くはなかった。

自分を優秀だと思うほど自惚《うぬぼ》れは強くないが、人より劣っていると思ったことはない。だがキースを前にしてはとても彼と自分が同等とは思えなかった。その上彼が何かというと僕を馬鹿にするような発言を繰り返してくるものだから、どうしても彼に対しては劣等感を抱くようになってしまい、結果あまり関わり合いになりたくないという逃げから、応対が益々よそよそしくなっていた。

その日は一日、早朝から夜中までホテル中を駆け回って終わり、部屋に戻ったときにはシャワーを浴びる気力もなくベッドに倒れ込んでしまった。人付き合いの苦手な僕にとってツインルームは、しかも気の合わない相手とのツインルームは精神的に辛《つら》いものだったが、肉体的な疲労が精神的苦痛に勝ってくれたおかげで何事もなく一日を終えることができた。早い話が、その夜僕は辛いと思う気力もないほどに疲れ果て、キースが部屋に戻ってくるのも待たずにいつの間にか眠ってしまったのである。

翌日はいよいよ展示会開催前日で、会場内にステージが造られることになっていたが、キースは作業員一人ひとりの身元を確認させ、主催のB社の顰蹙《ひんしゅく》を買っていた。

作業には僕も彼と共に立ち会い、会場内が設営されていく様子に目を配っていたのだが、間もなく完成というときになり周囲が急にざわめきだしたのに、何事かと作業員に尋ねに行った。

「ローランドさんがこれから会場の様子を見に来るそうなんです」

現場監督が慌てて木屑《きくず》の散った床を掃除させている。B社の人間が駆け回っている姿に、皆あの美貌の貴族には気を遣っているのだなあと思っていると、当のローランドがにこやかな笑みを浮かべながら会場内に入ってきた。

「なかなかいいではないですか」

会場の設営は彼の気に入ったようだった。相変わらず輝くような美貌を微笑みに綻《ほころ》ばせ、ぐるりと周囲を見回している。

「恐れ入ります」

B社の木村専務がほっとしたような顔になり、深々と彼に頭を下げている。

「あのステージでオークションが行われるのですね」

「ええ、『幸福な花嫁の涙』の展示もあのステージ上になります」

木村がローランドに告げたとおり、結局百カラットのサファイアは予定どおり展示されることになっていた。あれからキースが何度も説得にあたったのだが、ローランドは決して首を縦には振らなかったのだ。

「間もなくモデルのアンジェラがこちらへ到着予定です。ドレスは先に届いていますので……」

木村が卑屈にしか見えない笑顔でローランドに告げたそのとき、

「大変です！」

会場内にB社の斉藤部長が駆け込んできて、皆の注目が一気に彼へと集まった。

「どうした、騒々しいじゃないか」

木村がローランドに気を遣っているのがみえみえの怒声を上げる。だがその彼も斉藤の報告には彼以上の大声を上げることになった。

「それが、アンジェラが……モデルのアンジェラが、今になって出演をキャンセルしたいと言ってきたんです」

「なんだと？　一体どういうことなんだ⁉」

「どうしたのです？　ミスター木村」

日本語で会話がなされているため、ローランドには何がなんだかわからなかったらしい。青ざめる彼らに英語で問いかけたのに、木村がしどろもどろになりつつ答えている様子を僕は呆然と眺めていたのだが、ふと閃《ひらめ》くことがあり、もしや、と傍らに立つキースの顔を見上げた。

「ん？」

視線に気づいたキースが、どうしたというように僕を見下ろしてくる。彼の顔に微笑みの名残を見つけたとき、やはりそうか、と僕は己の推察が正しかったことを確信した。

「……あなたの仕業ですね？」

「『仕業』とは人聞きが悪い」

にや、とキースの端整な顔が笑いに歪む。思ったとおりだと僕は、

「一体どういう手を使ったのです？」

興味もあり、小声で彼に問いかけた。

「簡単な話だ。モデルの所属事務所と、今回の展示会の保険会社に連絡を入れた。モデルが身につける予定の宝石は盗難される危険がある。もしかするとショーの最中奪われるかもしれない。その際、モデルの身の安全は誰が保証してくれるのか――まず、モデルに二億の保険をかけられていた保険会社がリスクを回避したいとモデル事務所への説得に回ってくれた。今回の展示会は破格のギャラだったらしいが、売れっ子のモデルにとってはたいした金額ではなかったらしい。それより顔に傷でもつけられては大変と、早々に辞退してくれたようだな」

「…………」

なるほどその手があったか、とキースの話を聞きながら、僕はほとほと感心してしまっていた。

「どうするんだ。アンジェラの出演だって今回の展示会の目玉なんだぞ？」

「どうしようもありません。アンジェラは来日自体を断ってきているので……」

「それじゃあ、ショーができないじゃないか！」

木村が斉藤を怒鳴りつけているとおり、モデルがいなければショーを行うことはできない。そこに目をつけるとはさすがだ、と僕はまたちらとキースを見上げたのだが、そのとき彼の表情が一気に引き締まった。

「？」

どうしたのだろうと視線の先を追うと、なんと騒ぐ木村と斉藤の傍《そば》を離れ、ローランドが真っ直ぐに僕たちの方へと向かってきている。厳しいその表情から、もしやローランドもこれがキースの仕業と見抜いたのだろうかと思っているうちに、彼はキースのすぐ前まで歩み寄っていた。

「何か？」

キースが人を食ったような笑顔でそんな彼を迎え入れる。

「モデルを押さえるとは考えましたね」

ローランドもまたにっこりと、美しい青い瞳を細めて微笑み、キースにまた一歩を踏み出した。

「何をおっしゃっているのか」

「とぼけなくても結構ですよ。今までにない警察の辣腕《らつわん》ぶりには、ただただ感服していますす」

狐《きつね》と狸《たぬき》の化かし合いといおうか、にこやかに微笑み穏やかな口調で会話を交わしている二人の目は少しも笑っておらず、ぴりぴりとした緊張感が漲《みなぎ》っていた。その緊迫した空気はいつしか室内に広がり、今やこの場にいる皆が、固唾《かたず》を呑《の》んで彼らのやりとりを見つめている。

「お褒めいただき光栄です」

「しかしその辣腕ぶりをもってしても、場内の警備に万全を期することはできないというわけでしょうか」

わざとらしく頭を下げたキースに、ローランドは相変わらず華麗な笑みを浮かべながら、その笑みとは裏腹の厳しい言葉を告げ始めた。

「何？」

キースの頬がぴく、と微かに痙攣《けいれん》する。

「『幸福な花嫁の涙』の展示を妨げるのは、警備に自信がないからではないのかと言ったんですよ」

キースの表情の変化に、ローランドは満足げに頷いたあと、更に彼を貶《おとし》めることを口にした。

「念には念を入れたほうがいい、という判断ですがね」

さすがキース、ローランドの挑発には乗らず、わざとらしい笑みを浮かべて肩を竦めた。

「それでは警備には絶対の自信を持っていると？」

ローランドが幾分むっとした顔になり、キースを睨みつける。

どうも役者はキースのほうが上だったらしい。二人の様子をすぐ傍で見ていた僕は心の中でそう判断を下したのだが、

「勿論」

キースが頷いたあと、それまで悔しげだったローランドの顔に笑みが浮かんだのに、まさか、と彼の顔を見直した。

「それならサファイアの展示は予定どおり行っても大丈夫ということですね」

「…………」

キースの顔に初めてしまった、という表情が微かに浮かぶ。

「しかしローランドさん、予定どおりといっても、宝石を身につける『花嫁』が……」

いつの間にかすぐ傍まで歩み寄ってきていたB社の木村が、おたおたしながらそう言葉を添えたのに、

「問題ありません」

ローランドは彼のほうを向いてきっぱりとそう言い切ったあと、視線を真っ直ぐに僕へと向けてきた。

「はい？」

今まで傍にいただけで、会話に参加すらしていなかった僕に、一体何を言おうとしている

のだと、訝《いぶか》り問いかけると、ローランドがその美しい顔を更に美しく飾る華やかな微笑を浮かべながら口を開く。

「どうだろう、君が『花嫁』になってもらえないか？」

「ええー？？」

聞き違い――ではないことは、英語力に自信のある僕が一番よくわかっていたはずなのに、ローランドのこのとんでもない申し出に、まず僕は彼の英語を聞き違えたのかと思わずにはいられなかった。

「そ、そりゃちょっと……」

木村も聞き違いかと思ったらしく、戸惑った顔のまま僕とローランドを代わる代わるに見つめている。

「無理ということはないでしょう。彼とアンジェラでは身長は彼女のほうが少し高いものの、体格はほぼ一緒なんじゃないですか？　彼女はモデルとはいえスポーツ選手ですから、そう華奢《きゃしゃ》ではなかったと思いますが」

「あ、あの、ちょっと待ってください」

ローランドが木村を説得しようとしている。冗談じゃない、と僕は慌てて二人の間に割って入った。

「ミスター月城、まさかNOと言うつもりではないだろうね？」

「まさかって、あのねえ」

さも引き受けて当然と言わんばかりのローランドに、驚いたあまり僕は素で食ってかかってしまったのだが、そんな僕にローランドはにっこりとあまりに魅惑的な笑みを浮かべ、両手を肩へとそっと置いた。

「警備が完璧なら、ショーを行うのになんら支障はないだろう？　それにモデルを警察官の君が務めるとなれば、それこそ『念には念を入れた』警備になるじゃないか」

「……そんな……」

やられた――先ほどのキースの言葉を逆手に取ったローランドの発言に僕は今、自分が置かれている状況も忘れ、それこそ感嘆してしまっていた。

キースのほうが一枚上手だと思ったが、今回はローランドが更にその上をいったようだ。

さすがだな、とつい感心してしまったものの、なぜ僕がモデルの代わりを務めなければならないのかと、我に返り慌てて断ろうとしたのだが、話は既に僕がモデルを務める方向で進み始めていた。

「どうしてもショーを行うというのか」

キースが苦虫を嚙み潰《つぶ》したような顔でローランドを睨む。

「ああ。幸いなことにイメージにぴったりの『花嫁』もこうして見つかったことだしね」

「あの、それはちょっと……」

どこがぴったりなのだと僕はぐっと僕の肩を摑み直したローランドに、「できません」と断ろうとしたが、ローランドは既に聞く耳を持ってくれなかった。

「理想的だよ。美しい花嫁になるだろう。しかもその花嫁は僕の宝石を賊《ぞく》から守ってくれる警察官だ。これ以上の理想があるだろうか」

「いえ、だから、その……」

そう決め付けられても困る。だいたい僕の了承をとらずに決めるつもりかと、僕はなんとかローランドに考え直してもらうべく訴えようとしたのだが、そのとき室内に響き渡ったキースの言葉が僕の抵抗を無残にも打ち砕いた。

「仕方がない。そこまで言うのならボーヤを貸し出そう」

「ちょ、ちょっと待ってくれ」

僕を貸すとか貸さないとか、なんの権限があってキースがそんなことを言うのだという僕の反論は空《むな》しく呑み込まれ、

「それなら早速、ドレスの寸法を直さなければね」

あれよあれよという間に僕は仮縫いだのなんだのといわれ、控え室へと連れ込まれてしまったのだった。

「冗談じゃない！」

結局ショーは僕がモデルの代役を務め、予定どおり行われるという決定がなされてしまい、僕は否でも応でも花嫁姿でバロア家の家宝『幸福な花嫁の涙』を身につけ、ショーに出ざるを得なくなった。

「仕方ないだろう」

ウエディングドレスの補整をし終え会場に戻ると、既に警察と警備会社は解散したあとで、キースが一人僕の帰りを待っており、憤る僕にそう声をかけてきた。

「仕方がないってなんですか。だいたいもとはといえばあなたが……」

キースが下手なことを言わなければ、僕は人前でドレス姿になるなどという恥ずかしい真似をしないですんだのだ、と、怒りのままに彼を怒鳴りつけようとするのを、

「わかったわかった」

キースはいかにも煩《うるさ》そうに遮ると、僕に顔を近づけ、にやりと笑いかけてきた。

「なんですか」

「ドレス、殆ど直す必要がなかったそうじゃないか」

「……っ」

確かに彼の言うように、用意されたウエディングドレスは、胸とヒップの部分が余りはし

たが、殆ど補整する必要がなかった。今回のドレスのデザイナーに「細いわねえ」と半ば呆れられつつ、ラインが変わらなくてよかった、と安堵《あんど》されたのに貧相な自分の体格をあらためて思い知らされ、僕は落ち込んでいたのだ。

「確かに警察官が身につけているのが、最も安全といえないこともないしな」

「……だからといってなんで僕が……」

ニヤニヤ笑いながら背を叩いてくるキースの前で、つい僕は愚痴を零《こぼ》してしまったのだが、そのとき僕の背でキースの手がぴたり、と止まった。

「あのなあ」

「はい？」

今までふざけた調子だった声に厳しさが籠《こ》もっている。一体なんなんだと顔を見やると、彼の顔からはあの、人を馬鹿にしたような笑いが消えていた。

「誰でも皆、与えられたポジションで全力を尽くすしかないんだ。お前はそのポジションが不満かもしれないがな、『なんで僕が』だの『お前のせい』だの、いつまでも言ってるんじゃない」

厳しい表情で告げられた言葉は、表情以上に厳しいものだった。

「何も不満を持っているというわけじゃ……」

「なんでも人のせいにするな、ということだ」

僕の口調が言い訳めいたものだったからか、キースは更に厳しくそう言い捨てると、

「部屋に戻ろう」

言うなり、僕を振り返りもせずにすたすたと会場を出ていってしまった。

「…………」

キースの長身がどんどん視界の中で小さくなる。僕があとを追おうが追うまいが、少しも気にならないというように、ぴん、と背筋を伸ばし、大股《おおまた》に歩み去ってゆく彼の背を見ながら僕は、どうしてそんなことまで言われなければならないんだという憤りに震えていた。

自分だって当事者になってみればいいんだ。男なのにウエディングドレスを着て、大勢の観客にその姿を晒《さら》さなければならないんだぞ。体格的にその役目が自分に回ってこないとわかっているから、あんな偉そうなことが言えるんだ——。

確かにそのとおりかもしれない。だが、それは感情論であり、キースが僕に告げた言葉はすべて正論だった。

そしてキースは多分口だけではなく、その正論そのままに常に自分のポジションで全力を尽くしているのだろう——この二日、彼の仕事ぶりを見ただけの僕にもそれはわかった。それだけに彼の最後の言葉は、僕の胸に突き刺さったのだった。

『なんでも人のせいにするな、ということだ』

今まで僕は、意識していなかったがすべてを人のせいにしてきたのかもしれない。赤沼に

辛く当たられるのも、課員たちが遠巻きにするのも、皆彼ら側に責任があることで、僕自身は悪くないと無意識のうちに思っていたのではないだろうか。

思えば彼らに対し、自ら歩み寄ろうと思ったことはなかったような気がする。

「…………」

はあ、と僕の口から、自分でも驚くような大きな溜め息が漏れる。

しっかりしろ。今は落ち込んでいるときじゃない。それこそ全力を挙げて、例の窃盗団『blue rose』から『幸福な花嫁の涙』を守らなければ、といくら自分を鼓舞しようとしてもなかなか気持ちは上向かず、なんとなくもやもやとした思いを抱えたまま、僕は翌日の展示会を迎えることになった。

4

『バロア家秘宝展』は予定どおり、午後四時よりお台場のNホテルのペガサスの間で開催された。シャンパンで乾杯をする簡単なレセプションのあと、午後五時から『幸福な花嫁の涙』のお披露目、その後午後六時から絵画と美術品のオークションとなる。

モデルのアンジェラはレセプションにウエディングドレス姿で出席する予定だったらしいが、アンジェラならともかく誰も僕のドレス姿など見たくはないだろうということで、僕はショーにだけ出ることになっていた。

アンジェラが出ないことはレセプションのときに発表になり、微かなブーイングが起こったらしい。思ったよりも非難の声が低かったのは多分、初めて公の場に姿を現した若きバロア卿の美貌に皆が見惚れてしまったせいではないかと僕は思っていた。

ローランドが現れたとき、場内は一瞬騒然となった。

「ハジメマシテ」

片言の日本語で彼がマイクに向かって挨拶をしたのには、女性ばかりか男性までもが大喜びで大きな拍手を送っていた。

どうもあのローランド、美貌だけではなく、何か人を惹《ひ》きつける力を持っているようだ。

かく言う僕もなぜか彼の青い瞳に見つめられるとひどくあわあわとしてしまうのだけれど、と思いつつも僕は、五時の出番に合わせドレスを着込み、ベールで見えないながらも万が一に備えて、ヘアメイクの人に顔に化粧を施してもらっていた。

「どうだ」

出番まであと三十分というときになり、控え室にキースがやってきた。

「……どうも……」

実は昨夜からずっと、彼とは気まずいままの状態が続いていた。僕が部屋に戻ったときにはキースはなぜか部屋におらず、僕がシャワーを浴び、ベッドに入った頃ようやく戻ってきたのだった。

何をしていたのか尋ねようかなとも思ったが、別れ際の口論めいたやりとりが気になり、口を利くのがなんとなく憚《はばか》られたせいで、寝たふりをし続けてしまった。

そのまま今朝起きてからも、会話らしい会話はせずに会場へと来たのだが、いよいよ宝石がお披露目される時間となり、気になって様子を見に来たらしい。

「……へえ」

なんとなく気まずいまま頭を下げた僕の顔を、キースはまじまじと見つめたあと、にや、といつもの人を馬鹿にしたような笑いを浮かべた。

「……なんですか」

またきっと腹立たしいことを言いだすに決まっている、という僕の予測は外れなかった。

「似合うじゃないか。ベールなしで出てもいいくらいだ」

「馬鹿なこと言わないでください」

やっぱりからかいに来たのか、と僕はキースをじろりと睨みつけた。何が似合う、だ。男にウエディングドレスが似合うわけないじゃないかと口を尖《とが》らせた僕に、キースが屈《かが》み込んでくる。

「なんですか」

ウエディングドレスなど着たことはなかったが――着たことがあるほうが問題だと思うが――コルセットに締めつけられた挙句に、パニエというんだろうか、ドレスを膨らませるそれのせいで、僕は殆ど身動きがとれない状態だった。

これから立ち上がり、ステージを歩いてまた戻ってくるなど、至難の業だと今から気が遠くなっており、それで、さっきからずっと椅子に座りっぱなしだったのだが、そんな僕にキースは近く顔を寄せ、にやり、と笑いかけてきた。

「実際、似合ってる。もとのモデルよりいいかもしれん」

「……あのねえ」

いいかげんにしろと怒鳴りつけようとしたとき、彼の手がいきなり僕の胸の膨らみを握ってきたのにぎょっとし、思わず息を呑んでしまった。

とはいえ、彼が握ったのは勿論、本物の胸ではなかったのだが。

「偽胸？」

にっと笑って彼が言ったとおり、本物の胸ではなかったのだが。

「ええ。僕は女じゃありませんから」

「いちいち言わなくてもわかってるよ」

あはは、とキースが声を上げて笑い、摑んだ胸を離すと、更に僕に顔を近づけてきた。

「一体なんなんですか」

椅子に座ったまま身動きもとれない状態の僕は、耳元に唇を寄せてくる彼を避けることができない。別に何をされるというわけでもないだろうが、スキンシップは苦手なのだ、とキースの胸を押しやろうとしたとき、

「拳銃は持っているのか？」

耳元でキースは、控え室にいる誰にも聞こえないような声で囁いてきて、僕をはっとさせた。

「……いえ……」

まったく考えなかった、と啞然とした顔の僕を見て、キースがやれやれ、というように溜め息をつく。

「すまない、少し外してもらえないか」

控え室にはメイクの人がいたのだが、キースが日本語で告げると「わかりました」と慌てて部屋を出ていき、狭い室内に二人だけが残った。

「この会場内では発砲はできないだろうが、万が一に備えて持っていたほうがいい」

キースがそれまでの、人を小馬鹿にした笑いを引っ込め小さく囁いてくる。

「……はい……しかし……」

どこに持てばいいのだ、と僕は自分の身体を見下ろした。ドレスの下半身はやたらと膨らんでいたが、上半身はどちらかというとぴったりしたデザインで、銃を隠せそうな場所がない。

「胸に隠すのも無理がありそうだったしな」

キースが腕組みをし、僕の身体を上から下まで見下ろしたのに、胸を触ったのにはそんな意味があったのか、と今更のように僕は納得してしまった。

「仕方がない。足しかないか」

「足？」

一人頷くキースに、意味がわからず問い返した僕は、続く彼の行動に仰天し、その場で固まってしまった。

「ちょっと失礼」

キースがそう声をかけたかと思うと、いきなり僕の前に跪《ひざまず》き、ばさ、とドレスを捲《めく》ってきたのだ。

「なっ……」

何をするんだ、と言ってる傍からキースはドレスの中に顔を突っ込み、僕の太腿《ふともも》のあたりに触れてきた。

「ちょ、ちょっと……」

彼の掌《てのひら》を感じた途端、ぞわ、とした感触が背筋を上り、抗議の声が上擦ってしまう。

「なにやってるんですかっ」

「大声を上げるなよ」

僕が殆ど悲鳴のような声を上げたのに、キースはドレスの中から顔を出すと、じろりと睨んできた。

「だってあなた……」

変質者のような行為をしてきたのはそっちだろうと言おうとした僕は、キースがドレスの中から手を出し、示してきたものを見て、あ、とまた声を上げそうになった。

なんと彼の手には、僕がいつも使っているのと同じタイプの拳銃が握られていたのだ。

「万が一のために持ってろ。右利きか？　左利きか？」

「……え……」

何を聞かれたのかわからず、首を傾げた僕に、キースがゆっくりとした口調で同じ言葉を繰り返す。

「お前は右利きか？　右利きなら右足につける。左利きなら左だ。どっちだ？」

「み、右利きです」

「わかった」

そういうことか、と慌てて答えると、キースは笑いもせずに頷き、またドレスの中に頭を突っ込んでいった。

「……っ……」

太腿のあたりに革のベルトのようなものが装着されたのがわかる。ホルスターだろうと思っていると、ずし、という重さを感じた。今、銃がホルスターに収まったらしい。

「くれぐれも、会場内では引き金を引くなよ」

パニエをかき分けるようにしてキースがドレスの中から顔を出し、膝《ひざ》の埃《ほこり》を払って立ち上がる。

「はい……」

銃の用意など、少しも思いつかなかった自分が情けない――その上、その用意をしてくれた彼を変質者と思うなんて、と、落ち込むあまり、力なく頷いた僕の顔をキースが覗き込んでくる。

「……あの……」

　何かまだ足りない準備があるのだろうかと必死で考えを巡らせながら問い返した僕に、

「いや、ちゃんとガーターベルトを嵌《は》めてるんだなと思ってさ」

　キースはまたも人を馬鹿にした笑いを浮かべ、ちら、とドレス越しに僕の下半身を見下ろしてきた。

「なっ……」

「下着がビキニというのも正直意外だった。てっきりトランクスかボクサーパンツだと思っていたが」

「それはガーターベルトができないからって、デザイナーが……っ」

　普段は僕はトランクス派なのだが、デザイナーがガーターベルトにこだわったせいで、着用するのに問題ないビキニ形のパンツを用意されてしまったのだ。幸福な花嫁になるために何かひとつ青いものを身につけるとよいらしいのだが、今回彼女が用意したのが青いガーターベルトだった。ドレスを着てしまえば見えないのだし、第一着るのは単なる身代わりの僕だといっても、これだけは譲れないと頑張られ、面倒だから言いなりになっただけだと僕は言い訳をしようとし――にやにやと目の前で笑っているキースの顔を見て、自分がからかわれたことに気づいた。

「いいかげんにしてくださいっ」

「花嫁がそんな、きゃんきゃん喚いちゃいけないな」

「誰がきゃんきゃん喚いてるって言うんですっ」

あはは、と笑ってキースが僕の肩を叩く。

「まあ、頑張ってくれ。宝石は間もなくこちらに到着するそうだから」

そのときは立ち会うと言うと、キースは「頑張れよ」と僕にウインクし、控え室を出ていった。

「なんなんだよっ」

まったくもってふざけてる、と憤るままに僕は彼が出ていったドアに向かって怒声を浴びせた。人が反省しようとすると、いつもふざけたことを言ってくる。どこまでも僕を馬鹿にしたいらしいが、一体僕が彼に何をしたというんだ、とぶつぶつ怒りながら足を組もうとした僕は、ずしりと感じる拳銃の重さにはっと我に返った。

そうだ、怒っている場合じゃない。間もなく『幸福な花嫁の涙』のお披露目時間だ。気を引き締めなければ、とドレスの上からそっと拳銃を押さえたとき、ふと、太腿に触れたキースの掌の感触が甦った。

冷たい手だったなと思い出す僕の胸の鼓動がそのとき、どきり、と変に脈打つ。

どうしたのだろう――わけのわからない動悸《どうき》に首を傾げたとき、そういえばキースとの間に横たわっていた気まずさがいつの間にか消え、いつものように会話を交わしていたと今更のように気づいた。

「…………」

キースは僕たちの間の気まずさを解消しようとしてふざけてみせたのだろうか。僕の胸に残るわだかまりに敏感に気づき、それを払拭《ふっしょく》しようとしたんじゃないだろうか。

「……まさかね」

馬鹿なことを考えてる、と僕は思わず苦笑していた。キースが失礼なことを言うのはいつものことだ。そんな深い考えがあるわけないじゃないか、と自分の考えを笑い飛ばそうとしたのに、なぜか僕の頭からは、彼のあの、人を馬鹿にしたような笑いがいつまでも消えてくれなかった。


いよいよバロア家の家宝『幸福な花嫁の涙』が僕の控え室へと届けられた。警備会社の人間が四人して運び込んだジェラルミンのケースから取り出された石を、僕もそしてキースも、連絡を受けて控え室にやってきたB社の木村専務や斉藤部長、それに赤沼課長も、ごくり、と唾《つば》を飲み込み煌《きらめ》くその宝石に見入ってしまっていた。

百カラットとは聞いていたが、それがこれだけ大きな石だとは思っていなかった。どこまでも青い、澄んだ湖のように濃く青いサファイアの周囲を、ぐるりと煌くダイヤが取り囲んでいる。

その下にはダイヤと小ぶりの――といっても、軽く二カラットはあるに違いないサファイアが数列下がっており、時価数十億とも数百億とも言われるのはわかるな、という圧倒的存在感を主張していた。

「……凄いですな」

木村が感嘆の声を漏らしたのに、室内にいた皆が心からの同意をもって、大きく頷く。

もともとウエディングドレスは襟《えり》の詰まった形のもので、その上からこのネックレスを装着する予定になっていた。台座からネックレスを取り上げたのはローランドで、手袋もつけず、とても数百億の宝石を手にするとは思えない気軽さでネックレスを摑むと僕の後ろへと歩み寄り、無造作とも思える仕草で僕の胸にそれを提げた。

「重くないかい？」

ずしりとした石の重さで、微かに肩が下がったのに、ローランドが後ろから僕の顔を覗き込み、心配そうに問いかけてくる。

「大丈夫です……」

端整な顔があまりに近いところにあることに内心おののきつつ、僕は首を横に振って彼の心配を退けようとした。

「君にとても似合うね」

何を思っての世辞なのか、ローランドがにこ、と青い瞳を細めて僕に微笑みかけてくる。

「……いえ、そのような……」

世辞に謙遜《けんそん》するのはどうかと思ったが、礼を言うのはもっと変かと、僕は近く顔を寄せたままのローランド相手にまた首を横に振ったのだが、そのときじっと僕を見据える彼の青い瞳と、かち、と音がするほど目が合ってしまった。

「…………」

美しい――どこかで見たようなその青い色から目が離せなくなる。

どこかで――その青は、ほんの先ほど見たばかりの『幸福な花嫁の涙』のサファイアの青だった。バロア家に代々伝わっているという美しいサファイアの青そのものの、青い瞳がじっと僕を見つめている。

「……ヤ、ボーヤ」

ぼうっとローランドに見惚れていた僕は、キースの無愛想な声にはっと我に返った。

「あ……」

「ぼんやりしてないで、準備したらどうだ」

いつの間に歩み寄っていたのか、キースが僕の肩を叩く。

「し、失礼しました」

まるで宝石の美しさに魅入られたかのように、ローランドの瞳をあまりに無遠慮に見つめてしまっていたことに気づいた僕の頭にカッと血が上ってゆく。

「いや、別に」

ローランドはまた美しい青い瞳を細めて笑うと、キースが叩いたほうではない僕の肩を叩き、「それじゃあ、またあとで」と言葉を残して控え室を出ていった。

「そろそろ時間なので、ベールをつけましょう」

ヘアメイクの女性が僕にベールを装着している間に、

「我々もそろそろ客席に」

「警備の配置はどうなってる」

室内に集まっていた関係者たちが次々と控え室を出ていくのを背中で聞きながら、いよいよか、と僕は緊張も新たにぐっと両手を握り締めた。と、そのとき、

「おい」

不意に後ろから声が響いたと同時に、ぐいと肩を摑まれ、身体を返したそこにキースの不機嫌そうな顔があった。

「はい？」

なんだ、と首を傾げ、彼を見ようにもベールに阻まれてよく見えない。顔が見えないようにわざとベールを前に垂らしているのだが、前が見えないのは困ったとベールをかき上げよ

うとしたとき、

「曲がっている」

キースの手が伸びてきて、僕の胸にあるサファイアの位置を直した。

「あ、すみません」

「しっかりしてくれよ」

キースがぽん、と僕の肩を叩き、ベール越しに顔を覗き込んでくる。

「ぼんやりしている場合じゃない。そのくらいはわかるな？」

「……はい……」

ぼんやりなどしていない、とはとても言えなかった。緊張感がないわけではないのだ。しっかりしなければと思ってはいるのだと言いたいが、何を言っても言い訳にしか聞こえないだろうと僕はただ大人しく頷いてみせた。

「頼むぜ」

キースはまた、ぽんと僕の肩を叩くと、「配置につく」と控え室を出ていった。

「…………」

一人控え室に残された僕は、鏡を前に、はあ、と大きく溜め息をつく。

しっかりしろ、と自分に言い聞かせ、胸に燦然《さんぜん》と輝くサファイアを鏡越しに眺めた僕は、

「あれ」

曲がっていると先ほどキースが直したはずのその石が、身体の真ん中に提がっていなかったことに気づいた。

手袋を嵌めた手で位置を直しているところに、「そろそろ出です」という斉藤の声が部屋の外から聞こえてくる。

「はい」

いよいよだ、と僕はぐっと拳を握ると、足を踏みしめステージへと向かった。

「こちらです」

控え室と会場は専用の通路で繋《つな》がっており、ステージ裏に出られるようになっていた。

「いよいよ『幸福な花嫁の涙』の登場です」

司会者が高らかに告げた声に、会場からわあ、と歓声が上がる。

「…………」

スポットライトがステージを照らし出しているのが見えたと同時に、ステージの下方、大勢の観客たちの姿が目に飛び込んできて、僕は今更のようにあれだけの衆人環視の的になるのかという事実に気づいた。

「……うわ……」

突如として緊張が芽生え、がくがくと足が震えてくる。しっかりしろ、と自分にいくら言い聞かせても足の震えは止まらず、男だとバレたらどうしようとか、満足に歩けないんじゃないかとか、不安材料ばかりが頭に浮かんできてしまう。

「それでは登場してもらいましょう。『幸福な花嫁の涙』！　ウエディングドレス姿も初々しい、美しい花嫁の胸に輝いております！」

司会者がこれでもかというほどに煽《あお》り立てる声が会場内に響いている。『美しい花嫁』である僕を、スタッフが「こっちです」と導くのだが、なかなか足を前に踏み出すことができない。

こんなことではステージ上でも立ち往生してしまうに決まっている。どうしよう、と自由にならない己の身体に唇を噛んだそのとき、

「大丈夫？」

いつの間に近寄ってきたのか、背後から耳元に囁いてきた声に振り返った僕は、そこに思いもかけない人物を見出し、驚きの声を上げた。

「ローランドさん」

「随分緊張しているようだ。大丈夫かな？」

ふわり、という擬音を思い起こさせるような柔らかな仕草で、ローランドが後ろから僕の両肩にそっと手を乗せる。

「す、すみません」

「一緒に出ようか」

ローランドの服装は、黒のタキシードだった。もとよりステージに立つ予定ではなかったが、ウエディングドレスの横に立つには相応しい服装である。

「しかし……」

確かにローランドが一緒に出てくれたほうが心強くはある。しかし、段取りにないことをするのはいかがなものかと、僕は彼の厚意を受けるかどうか一瞬迷ったのだが、会場は僕の逡巡《しゅんじゅん》を待ってはくれなかった。

「さあ、どうぞ！　間もなく登場です！」

予定より僕の出が遅れたことで、司会者が催促とばかりに大きな声を上げたのだ。

「行こう」

その声を聞き、ローランドが僕の背を促し、歩き始めてしまった。仕方がない、と僕も彼の傍らを歩きながら、心の中ではこの宝石を守るためにも誰か傍にいたほうがいいだろうしなと、言い訳めいたことを考え、自己を正当化しようとしていた。

僕とローランドがステージ上に現れると、観客たちの間から一段と高い歓声が上がり、一斉にフラッシュが焚《た》かれた。

「……っ」

眩《まぶ》しさに後ずさりそうになった僕の背を、ローランドがしっかりと支えてくれる。

「歩けるかい？」

耳元に囁かれる甘い声音に、ウエディングドレスなどを着ているせいか、僕の頬にはかあっと血が上ってしまっていた。

「顔が赤いよ」

くす、と耳元でローランドが笑い、ベール越しに僕の目を覗き込んでくる。

「……すみません」

なんてことだと益々頭に血を上らせながらも彼のリードに従い、足を踏み出そうとしたそのとき、バチッという大きな音が響き、いきなり会場内の灯りがすべて消えた。

「なっ？？」

どうしたんだと動揺する僕の耳に、

「非常灯を！　灯りをつけろっ！」

聞き覚えのあるキースの声が響く。

まさか『blue rose』が現れたのか、と何も見えない周囲を見回そうとした僕の背に、しっかりとローランドの腕が回っていた。

「大丈夫だ」

耳元で囁かれる美声に、これじゃ立場が逆だと——盗難予告を受けた相手を安心させるのは警察官である僕の役目ではないかと思いつつも頷き返そうとしたそのとき、

「うっ」

いきなりみぞおちに強く拳が入り、ふうっと意識が遠のいていく。

「ボーヤ！　無事か？」

遠くにキースの声を聞いたのを最後に、そのまま僕は気を失ってしまったようだった。

5

「ん……」

割れるように頭が痛い。喉《のど》も渇いた。それになんだかぐらぐらと周囲が揺れているような気がする。

一体どうしたことだと僕は薄く目を開き――。

「……え？……」

見慣れぬ光景に驚き、勢いよく身体を起こした。

「……ええ……？」

真っ先に目に飛び込んできたのは、白い綺麗な布だった。起き上がって初めてそれが、ベッドの天井だということに気づく。自分がいわゆる『天蓋《てんがい》つきベッド』というのに寝かされていたことが理解できるまでに、数秒のときを要した。

何がなんだかわからない。僕は確かバロア子爵の展示会で、ウエディングドレスを着て『幸福な花嫁の涙』を身につけて――そこまで思い出した僕は慌てて自分の胸を見下ろし、そこにまだ『幸福な花嫁の涙』が提がっていたことに心から安堵の息を漏らした。

だが一体ここはどこなのだろう。動きにくいなと思いながら、ドレスのままベッドを下りたとき、ぐら、と床が傾いたのに驚き、僕はその場に座り込み、ぐるりと室内を見渡した。

天蓋つきのベッドがあることからもわかるように、豪華としかいいようのない部屋だった。不自然なのは窓がひとつもないことと、普通の部屋より天井が低いことだ。敷き詰められたカーペットはペルシャだろうか。飴色《あめいろ》の調度品はマホガニーか？　ホテルの一室のようには見えないが本当にここはどこなのだ、と未だにゆらゆらと揺れている床を手で押さえながら僕が再び周囲を見渡したそのとき、

「目が覚めた？」

扉が開く音がし、顔を覗かせた男の名を、驚きのあまり僕は大声で叫んでいた。

「ローランドさん⁉」

どうして彼がここに、という疑問が生じると同時に、気を失う直前の記憶がまざまざと甦ってくる。

『大丈夫？』

暗闇の中、耳元で囁いてきたのは紛《まご》う方なくローランドの声だった。そしてその直後、みぞおちを強く殴られ気を失ってしまったのだ。

ということは、僕を気絶させたのはローランドということなのか――？

「そんな……」

そんな馬鹿な、と呟《つぶや》きかけた僕の目の前で扉が大きく開き、ローランドがゆっくりした歩調で部屋に入ってくる。

「気分はどう？」

にこやかな微笑みを湛えた美しい顔。サファイアを思わせる澄んだ湖面のような青い瞳——そうだ、このサファイアの持ち主はローランドであるのに、その彼がなぜ僕を気絶などさせなければならないのだ、と、益々頭が混乱してきた僕の前に膝をつき、ローランドが顔を覗き込む。

「……あの、ここはどこなのです？」

ゆらゆらと揺れるこの感じ——船ではないか、と思いつつ尋ねた僕の前で、ローランドはまたにっこりと青い瞳を細めて微笑むと、すっと右手を僕へと伸ばしてきた。

「あの？」

「気分はどうかな？　ミスター月城」

ローランドの指先が頬に触れる。思いのほか冷たい感触に、びく、と身体を震わせた僕に、彼は「ん？」と微笑み、小首を傾げるようにして同じ問いを繰り返した。

「顔色が悪いね。気分はどう？」

「ローランドさん、ここは一体どこなのです？」

おかしい——なぜ彼は僕の問いに答えようとしないのか。なぜ僕をここへと連れてきたのか。いくら彼がバロア卿の息子だとしても、この『幸福な花嫁の涙』の持ち主だとしても、この状況は誰がどう考えてもおかしい。次第に混乱が収まり、思考力が戻ってきた頭で考えていた僕に、ローランドは相変わらず華やかともいえる笑みを浮かべると、まるで僕の問いとは関係ないことを話し始めた。

「僕は少し日本語を学んだことがある」

「は？」

何を言いだしたのだ、と眉を顰めた僕の頬にまた、彼の冷たい指先が触れた。

「君の名前——月城、という名は美しいね。天空に輝く月——美しい君にぴったりの名だ」

「……ローランドさん、あなた一体何をおっしゃっているんです？」

にこやかに微笑みながらローランドが僕へとゆっくりと顔を近づけてくる。

「ミスター月城ではあまりに味気ない。月の女神とでも呼ばせてもらいたいくらいだ」

「はあ？」

益々わけがわからないことを言いだした彼に、我ながら素《す》っ頓狂《とんきょう》な声を上げてしまった

そのとき、ぐらり、と床が揺れた。

「うわ」

「危ない」

バランスを失い後ろへと倒れ込みそうになった僕の両腕を摑み、ローランドが己の胸へと

引き寄せる。

「す、すみません」

「気にすることはない」

身体を離そうとしたのに、ローランドの腕は少しも緩まず僕の背を抱き締めていて、僕の中の違和感は益々大きく育っていった。

「あの、ローランドさん」

「『さん』はいらない。ローランドと呼んでくれ」

離してほしくて呼びかけたのに、逆に呼び名を改めろと言われてしまい、僕は仕方なく名を呼び直した。

「ローランド、離してもらえませんか」

「いやだ」

「は？」

ふざけているのか、と一瞬頭に血が上ったが、彼の手は益々強い力で僕の背を抱き締めてくる。

ここにきて初めて僕は、怖いという感情を抱き始めていた。目覚めたあと、このわけがわからない状態に戸惑いを覚えはしたが、怖いとは思っていなかったのだ。

だが、ローランドの腕を振り払おうとしても振り解《ほど》くことができないこの状況に、圧倒的な腕力の差を見せつけられ、僕ははっきりと恐怖を覚え始めていた。

「ローランド、まず何がどうなっているのか説明してもらえませんか」

まるでわけがわからないということも、僕にとっては恐怖だった。正確に現況を把握できれば、このわけがわからないという状態からは脱することができる。そう思い問いかけた僕をローランドは相変わらず強い力で抱き締めていたが、やがて、

「そうだな」

ぽん、と僕の背を叩くと身体を離し、にっこりと僕に微笑みかけてきた。

ようやく彼の腕から逃れることができたと安堵の息を吐いた次の瞬間、

「わっ」

いきなり立ち上がったローランドに強く腕を引かれ、ぎょっとしている間に彼の腕に抱き上げられてしまっていた。

「ちょ、ちょっと」

思わぬ高さが恐怖を呼び、堪《たま》らずローランドの首に縋《すが》りついてしまった僕の身体を抱き直すと、ローランドは真っ直ぐに天蓋つきのベッドへと足を進め、身体を屈めて僕をそっとそれまで僕が寝ていたシーツの上に下ろした。

「さあ、何から説明しよう」

慌てて起き上がろうとした僕の胸に、ローランドが伸《の》しかかってくる。

「ローランド」

あまりに近いところに彼の顔がある。すべらかな白い肌に、美しい青い瞳を縁取る長い睫に、高い鼻梁に、紅い唇に、思わず目を奪われそうになる自分を、しっかりしろと叱咤《しった》し、僕はまず彼に僕の上から退いてもらおうと、手を動かそうとしたのだが――。

「ちょ、ちょっと？」

いきなり両手を摑まれ、頭の上で押さえ込まれてしまったことにぎょっとし、大きな声を上げていた。

「美しい」

ローランドが青い瞳を細めて微笑み、ゆっくりと僕へと覆いかぶさってくる。

「な……」

彼の顔が僕の顔へと近づき、唇が唇に触れそうになる。まさかキスするつもりか、と僕は慌てて顔を背け、落とされる彼の唇を避《よ》けた。

「つれないことを……」

ローランドがくすりと笑い、僕の顔を覗き込んでくる。

「離してください。一体なんなんです？　それに説明をしてくれるとおっしゃったじゃないですか」

渾身《こんしん》の力で押さえ込まれた手を振り解こうとしたが、びくとも動かすことができない。腕力でかなわないのならせめて口で、と僕はローランドを睨み上げ、唇を塞《ふさ》ごうとしてくる彼の唇を避けながらきつい語調でそう言い捨てた。

「ああ、そうだった。説明を求められていたんだった」

僕の剣幕に押された――というわけではなさそうだったが、ローランドがようやく少し身体を起こした。

「何を聞きたいのかな？」

だが僕の両手をシーツに押し付けた彼の手が緩む気配はない。僕の身の自由を奪おうとしているのはなぜなのか、まずそれから聞くかと僕は口を開いた。

「どうして僕の手を離さないのです」

「君を僕のものにしたいから」

「はあ？」

即答してくれたはいいが、意味がわからない。どういうことだと眉を顰めた僕にまた、ローランドがゆっくりと覆いかぶさってきた。

「初めて君を見たときから手に入れたいと思っていた。『幸福な花嫁の涙』も手に入れたいが君も欲しい。なんとか一緒にさらう手立てはないか、それだけをずっと考え続けていたんだ」

「ちょ、ちょっと待ってください」

囁く息が唇にかかるほど近く顔を寄せられたことに戸惑うよりも、彼の語る内容のいちいちに戸惑いを覚え、僕は大声を上げて彼の言葉を遮った。

「なに？」

焦点が合わないほどに近づいた青い瞳が微笑みに細められる。

「手に入れたいとかさらうとか、わけがわからないんですが……もともと『幸福な花嫁の涙』はあなたの——バロア家のものでしょう？」

「なんだ、まだわからないのか」

くす、とローランドが微笑み、更に顔を寄せてくる。

「わからない？　何が？」

近づいてきた唇を避けようと横を向きながら問いかけた僕を、心の底から驚かせるようなことをローランドは言いだした。

「僕はバロア子爵の長男ではない」

「なんだって⁉」

まさか、と目を見開いた僕の前で、ローランドの青いサファイアを思わせる瞳に、きらり、と不穏な光が宿った。

「そう、予告状を出した『blue rose』——青薔薇というのは僕さ」

「ええっ？」

そんな——信じられない、という驚きに見舞われている場合ではなかった。ローランドが——青薔薇が僕の唇をいきなり塞いできたのである。

「んっ……」

何をする、と暴れようとしても、体重で押さえ込まれてしまって身動き一つとることができない。顔を背けようとしてもローランドの唇はまるでそれ自体が意思を持った生き物のように追いかけてきて、しっとりと押し包むように僕の唇を塞ぎ続けた。

「……あっ……」

息苦しさから開いてしまった唇の間から彼の舌が侵入してきて、僕の口内を暴れ回った。縮こまっていた僕の舌を探り当て、痛いくらいの強さで吸い上げてくる。

「ん……んんっ……」

口の端から零れる唾液《だえき》を追いかけるように彼の唇が這《は》い回り、彼の舌が僕の口内を侵しまくる。次第に頭の芯がぼうっとしてきてしまったのは、こんな濃厚なキスを今まで体験したことがなかったからだった。

勿論キスくらいはしたことがあるし、それ以上の行為もしたことがないわけではないが、もともと僕は性的には淡白で、特にここ数年というものは、恋人と呼べるような相手もいない品行方正を絵に描いたような生活を送っていた。

そんな僕にローランドのキスは刺激が強すぎた。息苦しさを覚えるとローランドは一瞬唇を離し、僕に呼吸の機会を与えたあとまた貪《むさぼ》るように唇を求めてくる。だんだんと頭の中が真っ白になり、何も考えられなくなってしまったとき、ようやくローランドが唇を離し、少し身体を起こして僕に微笑みかけてきた。

「『幸福な花嫁の涙』も勿論欲しかったが、君も本当に欲しかった」

「………」

いつか僕の手を離していた彼の指が、僕の唇をそっとなぞってくる。ぞわりとした刺激が背筋を上るのに、びく、と身体を震わせてしまった僕にローランドは目を細めて微笑むと、その手を伸ばし僕の頭の上、宮台に置いてあったらしい小箱を掴んで僕の前で蓋を開けた。

「その様子だと、君は経験が浅い――というより、初めてじゃないかと思う」

小箱の中にはいくつか薬のカプセルのようなものが入っていて、ローランドはそのうちの一つを指先で摘《つ》まむと、それを僕の唇へと押し当ててきた。

「………」

この頃にはようやく僕の頭も思考力を取り戻しつつあり、何を飲ませる気だと唇を閉じようとしたのだが、一瞬早くローランドはそれを僕の口へと押し込むと、片手で鼻と口を塞いできた。

「嚙んで。軟らかいカプセルだからすぐ嚙める」

「……っ」

苦しい、と顔を背けようとしても、ローランドの手は緩まない。息苦しさに負け、彼の言うとおりにカプセルを奥歯で嚙むと、どろりとした液体が口の中に広がった。

「嚙んだようだね」

眉を顰めた僕を見てローランドが微笑み、ようやく鼻と口を覆っていた手を離してくれた。口に広がる液体は、酷く甘いブランデーのような味で、口の中をカッと熱くするものだったが、だんだんとその熱が口内から喉へ、喉の奥から身体の内側へと広がっていき、鼓動が早鐘のように打ち始めた。

「……な……」

呼吸が荒くなり、火照りは身体全体へと広がってゆく。鼓動が耳鳴りとなって頭の中で響き渡り、思考力が一気に落ちていった。

「最初は痛い思いをさせたくないからね」

にこ、と微笑みかけてくるローランドの顔がぐにゃりと歪む。目の前がくらくらしてしまって目を開けていることができない。

「熱い……っ」

全身から一気に汗が噴出しているのがわかる。身体を覆うウエディングドレスの重い布が肌に密着し、皮膚呼吸を妨げているような錯覚に僕は陥りつつあった。

「熱い……っ」

遠くで叫ぶ己の声が聞こえる。ローランドが僕の身体を起こし、後ろのファスナーを下ろしてドレスを脱がそうとするのを、僕も闇雲に手をばたつかせて手伝い、上半身裸になった。

「花嫁衣裳は着せるのも脱がすのも重労働だな」

ふう、とローランドが溜め息をついたあと、ドレスの下のパニエを脱がそうとする。

「あまり暴れないように」

一刻も早くドレスの布から逃れたくて、いつしか僕はベッドの上で、熱い、熱いとのたうち回ってしまっていたが、それがかえってローランドがドレスを脱がせる妨げとなっていたらしい。ようやく彼が僕の身体からドレスを剝《は》ぎ取り、パニエを脱がしたときには、僕も彼もベッドの上ではあはあと息を乱していた。

まだ身体を締め付けているものがあった。コルセットとガーターベルトだ。苦しい、と自分で脱ごうとしても、どうやって脱げばいいのかわからない。かっちり嵌まったフックを外すことができず悪戦苦闘している僕の頭の上から、ローランドの声が響いてきた。

「このままでもまあ、扇情的ではあるけどね」

苦しいのなら仕方がないという声と共に手が伸びてきて、僕の身体からコルセットを剝ぎ取り、ガーターベルトを外す。

「ああ……」

ようやく楽になった、と僕は大きく息を吐いたが、相変わらず胸の鼓動は早鐘のようで、身体を覆う熱は益々その温度を上げてゆくようだった。

「……あっ……」

ローランドの手が僕の身体に唯一残った下着にかかり、一気に引き下ろそうとする。意識は既に朦朧《もうろう》としていたが、さすがにそれにはぎょっとして彼の手を押さえようとした。だが、ローランドは僕の手を軽く払いのけると一気に下着を下ろし、僕の脚から引き抜いてしまった。

「……っ……」

全裸に剝《む》かれたという事実に衝撃を受けていた僕の胸に、やたらと冷たいものが触れる。なんだ、と見下ろすとあの、時価数百億とも言われるサファイア『幸福な花嫁の涙』が裸の胸に提がっていた。

「……穢《けが》れを知らない君の白い胸に、美しい石がよく映える」

僕の視線を追ったのか、ローランドはサファイアを一旦《いったん》手に取ったあとまた僕の胸の上に戻し、その手で胸を撫《な》で回し始めた。

「何を……っ……」

するんだ、と声を上げようとしたとき、ローランドの指先が僕の胸の突起を摘《つ》まみ上げた。

「あっ」

電流のような刺激が走り、堪らず声を上げた僕の身体が、びくっと驚くほど大きく震える。

「普段よりずっと敏感になっているはずだよ。さっきの薬のおかげでね」

「やっ……」

いくら薬のせいだといっても、自分の唇からまるで女の喘《あえ》ぐような声が漏れたことに僕は戸惑いを覚えてしまっていた。が、そんな戸惑いを感じている場合ではないことが僕の身に起こり始めた。ローランドが僕の胸へと顔を埋《うず》め、胸の突起を口に含んだのだ。

「あぁっ……やっ……あっ……」

ざらりとした舌の感触に、僕の身体は面白いほどにびくびくと震えた。胸を弄《いじ》られたことなど今まで一度もない。まさか自分の胸に性感帯があるなど考えたこともなかったが、ローランドに舐《ねぶ》られ、吸われ、ときに軽く歯を立てられるたびに感じるこの刺激は、性的快感としかいえないものだった。

「あっ……いやっ……」

声を漏らすたびに自身の雄に熱がこもり、形を成していくのがわかる。ローランドの胸への愛撫《あいぶ》に鼓動は益々速まり、身体中の血液が一気に下肢へと集まろうとしているかのような錯覚を僕に起こさせた。

「やっ……あっ……」

もう片方の胸の突起を弄っていたローランドの手が僕の腹を滑り、雄を握り締める。彼の熱い手の中で僕の雄はどくんと震え、先端からは先走りの液が零れ始めた。

「……薬を使っているとはいえ、君は随分感じやすいね」

ローランドが僕の胸から顔を上げ、ちら、と手の中の僕を見下ろしそう笑いかけてくる。

「……あっ……」

「まだ胸にしか触れてないのに、こんなに蜜が溢《あふ》れている」

言いながらローランドが軽く僕を扱《しご》き上げたのに、彼の言うように僕の先端にはまた先走りの液が盛り上がり、つうっと竿《さお》を伝って零れ落ちた。

「やめ……っ……」

「思ったとおり、あまり経験がないようだ」

くすくす笑いながらローランドが指先で零れる液体を掬《すく》う。

「……あっ……」

びく、と身体を震わせた僕を見下ろし、ローランドはまたくすりと笑うと、勃ちきった僕を離した。

「純潔はかつて花嫁の必須条件だったが、今の時代それを望むのは無理な話だと思っていた」

ローランドが歌うような口調でそんなわけのわからないことを言いながら、僕の両脚を抱え上げ、膝を立たせた状態のまま大きく脚を開かせる。

「……な……っ」

されるがままになっていたが、自分の身体を見下ろしたとき、あまりの卑猥《ひわい》な格好に羞《しゅう》恥《ち》を覚え、両脚を閉じようとした。

「だめだよ」

だがローランドはすぐに気づき、僕の両膝を摑むと更に大きく脚を開かせ、益々僕に恥ずかしい格好をとらせようとする。

「……やめ……っ」

弄られた胸の突起は紅《あか》く色づき、ぷくと勃ち上がっている。勃ちきった自身は先端からローランド言うところの蜜を零し腹に擦り付けている。その上こんな大股開きのような格好をさせられ、羞恥のあまり僕は年甲斐《としがい》もなく泣きだしそうになっていた。

「……っ……やめてください……っ」

「泣かないでおくれ」

ローランドが僕の両脚を押さえつけながら、少し困ったように顔を見下ろしてくる。

「恥じらいのあまり涙を流すなんて、本当に可愛らしい花嫁だね」

「……っ」

実際羞恥のあまり涙が滲《にじ》んできてはいたが、それを指摘されるのは益々恥ずかしいと僕は唇を嚙み、せめて視界から己の姿とローランドを消そうとぎゅっと目を閉じた。

「泣かせたままではかわいそうだ。君の恥じらいを吹き飛ばしてあげよう」

片脚からローランドの手が外れ、彼が身を乗り出した気配がした。何をする気かと閉じた目を開き彼の動きを追うと、ローランドは先ほど僕に無理やり飲ませたカプセルを一つ取り上げ、それを僕に示してみせた。

「さっき飲んだこれね、なんだかわかるかい？」

「……え……？」

にこ、とローランドが微笑み、指先で軟らかなカプセルを潰そうとする。

「いつもより感じやすくなっているだろう？　それに身体が火照ってこないかな？」

「………………」

言われるまでもなく、まるで発熱でもしているかのように身体は熱く火照り、頭はぼうっとしていた。普段より感じやすいかどうかはわからないが、一体何を飲ませたのだと眉を顰めた僕に、ローランドはにっこりと微笑んだあとその答えを口にした。

「催淫剤《さいいんざい》だよ。ああ、人体に害はないから大丈夫。効力はほんの数時間だ」

「さ、催淫剤？」

馴染《なじ》みのない単語を繰り返した途端、それがいかなる薬であるかを僕は察した。

だからこんなにも身体が火照り、彼に触れられるたびに電流のような刺激が走るのかと納得はしたものの、だからといってこの状態を受け入れられるわけもなく、

「離せっ」

そんな怪しげなものを飲ませたローランドの手を逃れようと、必死で手脚をばたつかせた。

「元気になってくれたのは嬉しいけれど、お転婆がすぎるのはどうもね」

だがローランドの腕は緩まず、からかっているとしか思えない言葉を口にしながら片手で僕の脚を押さえ込み、もう片方の手をゆっくりと僕の下肢へと下ろしてゆく。

「この薬は飲んでも効力があるけれど、粘膜に吸収させると更に効果的なんだよ」

「よせっ」

にこやかに微笑みながらローランドが僕の尻を摑んだのに、彼の意図を察し思わず悲鳴を上げていた。

「羞恥も憤りも、何もかも吹き飛ぶ天国へと君を連れていってあげよう」

指先で広げたそこに、薬を手にした彼の指が挿入される。

「……痛っ」

かつて誰にも触れられたことのないそこへの異物の侵入に悲鳴を上げたのは一瞬だった。

「あぁっ」

強引に奥へと押し込まれたカプセルが、プチ、と破ける音がした途端、先ほど口内に溢れた液体が粘膜に一気に浸透し、焼け付くような熱さが僕を襲った。

「熱い……っ……あっ……あっ……」

痛みでも苦しみでもなく、ただただ身体が熱かった。体内で燃え盛る焰《ほむら》が内側から肌を焼くような熱さに、僕はベッドの上で、熱い、熱いと叫びながらのたうち回った。

「あっ……あぁっ……あっ……」

身体中の血が沸騰してしまったのではないかと思われるほど、どこもかしこも熱かった。吐き出す息も熱ければ、振り回す手の先も、脚の指の爪さえ熱を持っているような気がする。何より熱いのは薬を入れられた後ろと、そして今にも爆発しそうになっている僕の性器だった。先端から零れる先走りの液も熱い。

「あっ……熱っ……あっあっあっ」

熱を吐き出してしまいたくて僕は高く喘ぎ、一番熱い自身を両手で包もうとした。その手を捕らえられ、どうして、と目を開いたときにはもう、今自分がどこで何をしているのかすら、僕にはわかっていなかった。

「いかせてほしい？」

目の前で微笑みに細められる美しい青い瞳。紅い唇。白い肌。

「いや……っ……あっ……あっ……」

自分で自分を慰めたいのに、僕の手首を摑んだ手は少しも緩まず、熱はどんどん身体に籠もってきてしまう。

「いかせてあげるよ」

甘い声音が頭の中でぐるぐると響いている。僕の手首から離れた長い指が今度は僕の腿を摑み、高く腰を上げさせられた。

「あっ……」

勃ちきった雄の先端が自身の腹に擦れ、蜜で肌が濡れる。

「約束どおり、君を天国に連れていってあげる」

遠くでローランドの声が響くのと同時に、ジジ、と金属が擦れる音がする。ああ、ファスナーが下りる音だ、と頭のどこかで察したそのとき、後ろに熱い塊が押し当てられたのがわかった。

「……あっ……」

ぬるりとした先端を擦り付けられるのに、ぞわぞわとした刺激が下肢から背筋を這い上ってゆく。

「……さて……」

ローランドが僕の両脚を抱え直す。背中がシーツから浮き、雄の先端が自身の腹に更に擦れる刺激に、ぶるっと身体を震わせてしまったそのとき、

「大変です！」

ドンドンドンとドアがノックされる音がやかましいほどに響き、朦朧とした意識の中、僕は何が起こったのかと音のするほうへと定まらぬ視線を向けた。

「どうした」

ローランドが僕の両脚を下ろし、自身の服装を整えたあとドアへと向かって声をかける。

「失礼しますっ」

勢いよく開いたドアから飛び込んできたのは若い男だった。

「なんだ、騒がしい」

「申し訳ありませんが、このクルーザー目指して物凄い勢いでモーターボートが近づいてきているのです」

「なに？」

ローランドが眉を顰めて立ち上がったのに、

「大変ですっ」

また若い男が一人、息を切らして室内に駆け込んできた。

「なんだ」

「侵入者です。モーターボートに乗っていた男を見失ったと思ったら、もう船内に侵入しているようです！」

「なんだと？」

ローランドが大きな声を上げたそのとき、

「あっ」

入り口付近に立っていたほうの若い男が驚きの声を上げ、数歩後ずさった。

「騒ぐな。落ち着け」

男を後ずらせたものの正体を、早くもローランドは見抜いたらしい。冷静な声でそう告げ、入り口へと向かって一歩足を踏み出す彼の姿を、僕は相変わらず熱を孕《はら》んだ身体をベッドに横たえ、ただぼんやりと見つめていた。

「やあ」

ローランドが扉の向こうに笑いかける。先ほど言っていた侵入者だろうかと、著しく思考力の落ちた頭で考えた僕もそちらへと視線を向け——。

「挨拶をしてる場合かな」

聞き覚えのあるバリトンの美声と共に、室内に踏み込んできた男の姿に驚き息を呑んだ。

「リョーヤ！」

部屋に入ってきた途端、僕の姿を見て驚きの声を上げたのはなんと——キースだった。

「……っ」

彼の表情を見て、自分が今どのような姿でいるのかをようやく自覚したものの、身体は思うように動かなかった。

「大丈夫か」

キースが顔色を変え、僕へと駆け寄ってくる。が、ローランドが僕が寝かされていたベッドの前に立ちはだかったせいで、キースの姿が見えなくなった。

「まさか侵入者があなたとは思わなかった。一体何をしにいらしたのです？」

ローランドの声には動揺の欠片《かけら》も感じられない。

「『幸福な花嫁の涙』を追ってきたらここに辿り着いたのさ。そっちこそ一体何をしようとしていたのかな？」

表情は見えないながら、キースの声も落ち着いていて、あたかも時候の挨拶でもしているかのような雰囲気で二人の会話は続いていった。

「花嫁と愛を語らおうとしていたところですよ。無粋な邪魔が入って中断させられましたがね」

「愛を語るにはその花嫁、目の焦点が合ってないな」

キースの声に初めて感情らしい感情が籠もったような気がする。怒りを感じさせるその声に、ローランドは朗らかな声で応じた。

「害を与えようとしたのではないよ。二人の夜をより楽しめるような仕掛けを施しただけだ。初めての夜の思い出を扇情的かつ甘美なものにしてあげたかったのさ」

「……ふざけるなよ？」

キースの声に更に怒りが籠もり、彼が一歩を踏み出したのがわかった。

「ふざけてなどいない。彼は僕の大切な花嫁だ。危害など加えるわけがない」

「何が花嫁だ。警視庁の刑事を誘拐して『危害を加えるわけがない』などとよく言えたもん

だ」

ローランドの木で鼻をくくったような対応に、キースの声が高くなる。

「誘拐などと物騒なことを言うのはやめてもらいたいな。僕はただ花嫁の——失敬、ミスター月城の美しさに心を奪われ、彼と二人のときを過ごしたいと思っただけだよ」

「それを世間じゃ誘拐って言うんだよ」

キースが鼻を鳴らし、また一歩ローランドへと歩み寄る。

「そんなつもりはなかった。あまりに我が家に伝わるサファイアが似合っていたものだから」

ローランドは僕が満足に喋れないのをいいことに、バロア子爵であるふりをし続けようとしているらしい。違うのだ、彼が『blue rose』なのだと、僕が声にならない声を絞りだそうとしたそのとき、

「『我が家に伝わる』？」

キースの呆れたとしかいえない声が室内に響き渡り、僕は、そして多分ローランドもキースが真実を見抜いていることを悟った。

「……ああ。我が家に伝わる宝だ」

だがローランドは堂々とした口調でそう言い、肩越しに僕を一瞬振り返る。

「……あ……」

彼が振り返って見たのは僕ではなく、未だに僕の首に提がっていたネックレスだった。時価数百億とも言われる宝石の重さを今更のように感じていた僕の耳に、凜としたキースの声が響く。

「いつまで茶番を続ける気だ。本物のバロア卿の長男と連絡がついたよ。どこでどう騙《だま》されたのか、ソウルで足止めを食わされていた」

「…………」

目の前のローランドの肩がぴく、と震えた。

「お前が窃盗団『blue rose』だということはわかっている」

キースが厳しい声でそう言い、また一歩、ローランドへと踏み出してくる。緊迫した空気の中、もしやこのまま彼がローランドに飛びかかるのではと僕が固唾を呑んだそのとき、

「……そこまでわかっていながら、丸腰で踏み込んでくるとは度胸があるねぇ」

ゆらり、とローランドの身体が一瞬大きく揺れた。キースがはっとしたように身構える。体勢を立て直したローランドの手には、彼が素早く懐から取り出したらしい拳銃が握られており、銃口は真っ直ぐにキースへと向いていた。

「…………」

あ、と僕はまた声にならない声を上げた。きっとあれは僕が、ドレスの下に隠し持っていた銃に違いなかった。

僕に銃を預けたからキースはここへ丸腰で来るしかなかったのか——思考は相変わらず身体同様ままならないような状態だったが、僕も刑事である。さすがにキースの危機的状況の原因となったのが自分であることくらいはわかった。

「無益な殺生は好まない。すぐ船を降りれば君を撃ちはしないよ」

大勢は圧倒的にローランドが有利に見えるのに、キースの顔には少しの動揺も見られなかった。

「無駄だ」

「僕が撃たないと思っているのなら、それは美しき誤解だよ。僕が好まないのは無益な殺生で、有益な場合はその限りではない」

ローランドが歌うような口調でそう言い、カチャ、と音を立てて安全装置を外す。

「さあ、船を降りてくれ」

「だから無駄だと言っている」

いつ何時《なんどき》、弾が発射されるかわからない状況であるのにもかかわらず、キースの声はどこまでも冷静だった。

「何が無駄だというのかな?」

「間もなく警察がこのクルーザーを包囲する。疑うのならレーダーでもなんでも使って調べればいい。先陣を切っただけの俺を殺したところで、逮捕されることに変わりはないさ」

「…………」

ローランドが口を閉ざした。キースの言葉の真偽を測っているらしい。

「アーサー」

「はい」

間もなく彼は最初に部屋に飛び込んできた若い男に呼びかけた。男は部屋を飛び出していったが、すぐに息を切らして戻ってきた。

「本当です。レーダーに船影が映りました」

青い顔をした彼が告げる前から多分、ローランドはキースが真実を語っていると見抜いていたのだろう。

「してやられたな」

肩を竦めて笑ったあと、ふと真剣な顔になり、キースに向かって問いかけた。

「どうしてわかった？」

「刑事の勘……というのはジョークで、発信機を使った」

「発信機？」

キースの答えに、ローランドが眉を顰める。

「ドレスか？　まさか私がミスター月城ごとさらうことを予測していたと？」

「そこまで予測できれば、預言者か占い師として身を立てるだろう」

あはは、とキースはこの部屋に入ってから初めて笑い声を上げた。

「……ということは……」

対するローランドは、キースが現れて以降、初めてといっていいほどの硬い声を出している。

「ショーの前にすり替えさせてもらった。『幸福な花嫁の涙』をな」

にや、と笑ってキースが告げた言葉に、ローランドの肩がまたぴくりと震えた。

「なるほど……では本物の『幸福な花嫁の涙』は今、展示会場に？」

「ああ」

硬い声で問いかけたローランドに、キースがあっさりと頷いてみせる。

「…………」

銃を構えたまま、ローランドは暫《しばら》くの間黙り込んでいた。またも室内が緊迫した空気に包まれる。

「なるほど。今回は完敗だな」

その空気を動かしたのは、ローランドのさばさばとした発言だった。

「リベンジを狙うこととしよう」

まるでつまらないゲームに負けたかのようなあっさりした口調でそう言い、肩を竦めてみせたあと、ローランドが部屋を出ようとする。

「逮捕は時間の問題だ」

その背に声をかけたキースを、ローランドが肩越しに振り返った。

「そう馬鹿にするものじゃない。逃げる手立てくらいは考えているよ」

「無駄だ。間もなくこの船は包囲される」

「ああ、わかってる。また会おう」

ローランドがキースに片目を瞑ってみせたあと、僕へと視線を向けてきた。

「君もね」

「待て！」

にこ、と微笑みローランドが扉を出てゆく。アーサーとかいう男が彼のあとに続くのに、キースは一瞬彼らのあとを追おうとしたが、すぐに思い直したように僕へと駆け寄ってきた。

「大丈夫か」

「…………」

大丈夫かどうか、自分にもよくわからなかった。ローランドが立ち去ったのに辛うじて残っていた緊張感が一気に失せ、益々身体に力が入らなくなる。

「しっかりしろ」

キースの手が裸の背に触れたのに、僕の身体は自分でも驚くくらいにびく、と震え、僕をいたたまれない気持ちへと追いやっていった。

「気分は？　悪くはないのか？」

「…………」

気分は――身体の奥底から込み上げてくる熱がじんじんと内側から肌を焼く、まるで生殺しのようなこの状況をどんな気分といっていいのか、僕にもよくわからなかった。

「しっかりしろ。すぐ助けがくる」

喋ることもできずに身体を震わせている僕が横たわっているシーツをキースはベッドから剝ぎ取り、それで僕の身体を包んで抱き上げようとする。

「……あ……」

シーツ越し、彼の体温を感じたとき、びくびくと僕の身体は震え、勃ちきっていたその先端からは透明な液が零れ落ちた。そんな身体の状態を、キースには気づかれたくないと唇を嚙んだ僕の耳に、バラバラという爆音に近い音が響いてきた。

「ん？」

当然キースにもその音は聞こえたようで、何事かというように一瞬顔を上げたのだが、

「しまった！」

急に大声を上げたかと思うと、シーツごと僕を抱き上げ、船室を駆け出した。

「油断したか」

忌々しげに舌打ちする彼が何を言っているのかわからず、僕はただ振り落とされまいとし

っかりと彼の首に掴まっていることしかできなかったのだが、甲板に出て初めて、今何が起こっているのかを理解することができたのだった。

「それではまたね」

バラバラという音はなんと、ヘリコプターのプロペラ音だった。次第に近づいてくるそのヘリコプターが起こす風圧でクルーザーが大きく上下に揺れ始める。

「待て！」

キースはローランドに駆け寄ろうとしたが、船が揺れているおかげで歩くことがままならない上に、僕が邪魔になっているようだ。その間にローランドは、ヘリから降りてきた縄梯《なわばし》子《ご》を掴んでいた。

「グッドラック！」

ヘリコプターの轟音《ごうおん》の向こう、笑顔で僕らに手を振るローランドの声が微かに聞こえる。

「くそっ」

悔しげなキースの声が耳元で響く。大きく揺れる船の上では既に立っていられる状態ではなく、甲板に座り込み僕を庇《かば》うように抱き締めてくれていた彼の熱い掌の感触をシーツ越しに感じながら、僕は一段と火照り始めた身体を持て余し、遠ざかるヘリコプターの姿を見つめていた。

6

ローランドがヘリコプターで去ったあと、キースは僕を彼が乗ってきたモーターボートに乗せ岸を目指した。

「ヘリを追ってほしい。月城《つきしろ》刑事は無事保護した。憔悴《しょうすい》しているのでホテルで休ませる」

あとのことはよろしく頼む、と彼が無線で連絡を入れる姿を、シーツにくるまったまま僕はぼんやりと見つめていた。

催淫剤《さいいんざい》といわれたあの薬は、時間が経《た》つにつれ効力を失うどころか、益々僕の身体《からだ》を火照らせ、思考力を奪っていた。ローランドの愛撫《あいぶ》で火がついた欲情はなかなか鎮まらず、自分のそれがずっと硬度を保ったままであることが僕をいたたまれない思いに陥らせた。

そして後ろも――カプセルを入れられた後ろがじんじんと、火傷《やけど》しそうなほどに熱を発している。それどころか薬の染み込んだ内壁がひくひくと蠢《うごめ》き、今まで得たこともない感覚に僕はもうどうしたらいいのか、まるでわからなくなっていた。

到着した港にはなんとヘリコプターが待っていた。あとから知ったのだがローランドはお台場《だいば》のホテルからヘリを伊豆《いず》へと飛ばし、清水《しみず》港に停泊していたクルーザーでどこかへ移動しようとしていたらしい。キースはそれとまったく同じルートを辿《たど》ってあとを追ってきたそうで、帰りも同じようにヘリを東京へと飛ばし、三十分後にはお台場のホテルへと到着した。

「大丈夫か」

満足に歩けない――どころか、立つこともできない全裸の身体をシーツに包まれた僕を、キースは横抱きにすると部屋へと連れていってくれた。

「気分は？」

ベッドに下ろされ、キースが上から僕の顔を見下ろしてくる。

「……大丈夫です」

日本人の常として、『大丈夫か』と聞かれるとつい『大丈夫だ』と答えてしまうものなのだが、実際のところは少しも大丈夫な状態ではなかった。

身体のどこもかしこも熱い。部屋に辿り着いたことで緊張感が失《う》せたのか、微《かす》かに残っていた思考力が今やまるで失われ、脳まで沸騰してしまったかのように意識が朦朧《もうろう》としていた。

「水を飲むか？」

問いかけてくるキースの声もやけに遠いところで聞こえる。

水――喉《のど》も渇いていたが、身体の熱も冷ましたかった。全身に冷水を浴びることができたらどれだけ気持ちがいいだろうと思いはしたが、それを伝えることすらもう僕にはできなくなっていた。

こくこくと首を縦に振り、水を欲する僕の目の前でキースが心配そうな顔になる。

「おい、大丈夫なのか」

彼のこんな顔を初めて見た——思考力は著しく落ちているはずなのに、ふとそんな考えが浮かぶ。

「……っ」

その途端、なぜだか僕の頭にはかあっと血が上り、鼓動が一段と速くなった。どうしたのだとうろたえる僕の目が泳ぐ。

「リョーヤ？」

それを見たキースが益々心配そうな顔になり、手で僕の頬を叩いてくる。彼の指先が触れた瞬間、僕の身体は自分でも驚くほどにびくっと震え、更に僕を狼狽《ろうばい》させた。

「……リョーヤ、大丈夫か？」

キースが同じ問いを繰り返し、僕の頬に手を添えたまま顔を覗《のぞ》き込んでくる。

「……あっ……」

近く顔を寄せられ、彼の息が頬を擽《くすぐ》る。そのとき僕の口から甘いとしかいいようのない吐息が零《こぼ》れた。

「…………」

キースが一瞬驚いたように目を見開く。

「……いやっ……」

その表情を前に、僕の意識は一瞬素に戻りかけたが、身体の内側を焼き尽くすような熱が僕から理性を奪っていった。

「……苦しそうだな」

キースがぼそりと呟《つぶや》き、僕の頬にまた軽く触れる。

「……っ……」

またも僕の身体はびく、と震え、鼓動が一段と速まった。何もしていないのに呼吸がやたらと速く、息苦しさを覚えるほどになっている。

「悪く思うなよ」

キースがそんな僕を見下ろし、また、ぼそ、と低く呟いた。朦朧とした意識の中、何をと問い返そうとした僕は、いきなり彼の手が僕の身体を包んでいたシーツを剝《は》ぎ取ったのに、驚きの悲鳴を上げていた。

「やめ……っ……」

ベッドの上、裸体を——何より勃ちきった雄を晒《さら》すことへの羞恥《しゅうち》をまったく感じないまでには、そのとき僕の意識はまだ混濁してはいなかった。

「あっ……」

だが彼の視線を避けようと捩《よじ》った身体をキースに押さえ込まれ、首筋に彼が顔を埋《うず》めてきたときにはもう、このわけのわからないシチュエーションに首を傾《かし》げることができないほどの興奮を覚えてしまっていた。

「あぁっ……」

キースの唇が僕の肌を強く吸い上げ、彼の手が肩から胸へと下りてゆく。ぷく、と勃ち上がった胸の突起をキースの掌《てのひら》が擦《こす》り上げる。それだけで達してしまいそうなほど昂《たか》まりきった僕の頭はもう、すべての思考を手放していた。

「あっ……あぁっ……」

キースの唇が首筋から胸へと滑り、胸の突起へと辿り着く。舌で転がされ、軽く歯を立ててくる愛撫に僕はすっかり興奮し、両手を彼の頭へと回し己の胸へと引き寄せようとした。

「……あっ……」

僕の動きに応えるように、キースがコリ、と痛いくらいの強さでそれを嚙《か》んできたとき、僕の身体はシーツの上で大きく仰《の》け反《ぞ》り、既に勃ちきって腹に先走りの液を擦り付けていた雄は、びくびくと震えた。

「…………」

キースがちらと僕の下肢を見下ろしたあと、二人の腹の間に手を差し入れ、やんわりとそれを握ってくる。

彼の手に包まれたとき、ひ、と悲鳴のような声が僕の喉から漏れた。緩く握られているだけなのに、彼の掌を感じただけでもう達しそうになっている、そんな自分の身体の反応に対する戸惑いが僕に新たな悲鳴を上げさせた。

「……いやだ……っ……触らないで……っ」

いや、というよりは怖かったのではないかと思う。殆《ほとん》ど意識はないような状態だったが、今までにない身体の変化に僕は恐怖を覚え、キースの手を逃れようと暴れまくった。

「あぁっ……」

だがキースの手が摑《つか》んだ僕を勢いよく扱《しご》き上げてきたのに、恐怖は迸《ほとばし》る精液と共に僕の内から去っていった。

「やっ……あぁっ……」

射精をして尚《なお》、硬度を保っている雄が、キースの手の中でドクドクと熱く脈打っている。

「……熱い……っ……」

はあはあと乱れる息の下、うわ言のように呟く自分の声を聞いている僕の身体は少しも熱を失わず、それどころか更に温度を上げ僕の意識を益々混濁させていった。

「熱い……っ……」

内に籠《こ》もる熱を放出させたいのに、どうしたらいいのかわからない。このままではおかしくなってしまうと、混乱するあまり激しく首を横に振ってしまっていた僕は、下肢に突然与えられた刺激に驚き、大きく身体を震わせた。

「あっ……」

得たこともない感覚だった。身体の中で最も熱を孕《はら》んでいるそこに——僕の後ろに今、キースの指が挿入されていたのだ。

「……いや……っ……」

その指がぐるり、と中で動いたとき、焼け付くような熱を孕んでいた内壁がまるで、それ自体意思を持った生物のようにひくひくと蠢き始めた。

「熱いな……」

頭の上でキースのバリトンの美声が響く。彼の声を聞いた途端、僕の後ろは更に激しく収縮し、キースの指を締め上げた。

「…………」

キースが一瞬目を見開いたあと、片手を添えてそこを広げ、もう一本指を挿入してくる。

「あっ……」

二本の指がぐちゃぐちゃと僕の中をかき回す。指の動きが速まれば速まるほど、抉《えぐ》られる場所が奥へ行けば行くほど、なんだか堪《たま》らない気持ちになってしまい、気づいたときには僕はキースの背にしがみつきながら、高く声を上げていた。

「あっ……はぁっ……あっ……あっ……あっ」

乱暴なくらいの強さで彼の指が蠢くたびに、僕の身体はびくびくと震え、雄の先端からはまたぽたぽたと先走りの液が零れていった。

「あっ……いいっ……そこ……っ……もっと……っ……」

奥底を抉る指の動きに合わせ、自分の腰が前後に揺れているのがわかる。身体の奥からまるでマグマのように熱が噴き出してくるような錯覚を覚えたが、その熱の正体を僕は飛びそうになる意識の中ではっきりと把握していた。

それは欲情——狂おしいほどの快感に身悶《みもだ》えながら、更なる快楽を求めるあくなき欲情が今、僕の身体を支配していた。

「もっと……っ……あっ……あっあっあっ」

ぐいぐいと中を抉る指はいつしか三本に増えていた。

「あっ……はぁっ……あっ……あっ」

三本の指が間断なく後ろをかき回すその動きに僕の興奮は最高潮に達し、上がる嬌声《きょうせい》は自分でもやかましいほどに高くなった。張り詰めた雄は今にも達してしまいそうに熱く震え、零れる先走りの液でもうべたべたに濡れている。

「あっ……」

すっとキースが僕から身体を離した。後ろから三本の指も一気に抜かれる。快感に喘《あえ》いでいたその最中にぽんと放り出されたような状態に、僕の口からは我ながら物欲しげな叫びが漏れ、目はキースの姿を追った。

「あ……」

視界に入ったキースは服を脱ぎ始めていた。シャツの下から現れた厚い胸板に、高い腰の位置に、綺麗《きれい》に筋肉がついた太腿《ふともも》に、その長い脚に僕の目は釘付けになる。

下着を脱ぎ去り僕へと向き直った彼の雄もまた、腹につくほどに勃ちきっていた。逞《たくま》しい身体を裏切らない逞しい雄を見たとき、ごくり、と生唾《なまつば》を飲み下している自分がいた。

「…………」

キースがまたベッドへと上ってくると、呆然《ぼうぜん》と彼を見上げていた僕の両脚を抱え上げる。身体を二つ折りにされ、先ほどさんざん弄《いじ》られた後ろへと彼の雄が押し当てられる。

「あぁっ……」

ずぶ、と先端が挿入されたとき、僕の後ろはまるでその質感を待ちわびていたかのように熱く震えた。キースがゆっくりと腰を進めるのに従い、ずぶずぶと彼の太い雄が僕の中へと挿ってくる。かさの張った部分が内壁に擦れるたびに、そこはまるで更に奥へと誘っているようにひくひくと蠢き、彼の雄にまとわりついた。

「はぁ……」

ぴた、と互いの下肢が合わさる。キースの雄が僕の中に完全に収まったのがわかった。太い楔《くさび》を打ち込まれたような感覚は今まで体感したことがなかったものだけれど、酷《ひど》く自分を満たしてくれるものを得たような錯覚を僕に与えていた。

「動くぞ」

やたらと冷静なキースの声が頭の上で響いたと思った次の瞬間には、激しい突き上げが始まった。

「あっ……あぁっ……あっあっあっ」

指などとは比べ物にならないその質感に、奥底を抉る力強さに、今まで昂まりきっていた僕はあっという間に快楽の頂点へと導かれていった。

「あぁっ……いいっ……もうっ……もう、いくっ」

無意識のうちに叫んだとおり、僕の先端からは白濁した液が零れ最初の絶頂を迎えたが、キースの律動は止まる気配がなく、僕の雄も相変わらず硬度を保ったままだった。

「もっと……っ……あっ……もっと強くっ……あっ……」

身体はどこもかしこも相変わらず酷く熱かった。キースの雄が抜き差しされるそこは中でも一段と熱を孕んでいたけれど、彼の激しい突き上げに悶え、喘ぎ、達するたびにその熱は体外へと放出されていくようで、僕はその熱の放出を求め、彼の背に縋《すが》りついた。

いや、求めていたのは体温の低下などではなかったかもしれない。ただただ僕の身体は彼の力強い突き上げを欲していた。彼の律動に合わせて自ら腰を動かし、両手両脚で逞しい背をしっかりと抱き締める僕はそのとき、性欲に囚《とら》われた一匹の獣になっていた。

「もっと……っ……あっ……もっと……」

貪欲《どんよく》に彼を求める言葉が唇から零れ落ちるたびに、キースの律動は激しくなる。延々と続く突き上げの間、僕は何度も精を吐き出したが、キースが達する気配はなかった。

「あっ……あぁっ……」

インターバルなしの行為に、あれだけ『もっと』とねだったはずの僕は次第についていかれなくなってきた。心臓はもう破裂しそうなほどに脈打ち、呼吸することすらままならない。

「くるし……っ……」

無我夢中で振り回した両手を、がし、と摑まれ、反射的に目を開いたそこにキースの瞳があった。

「あぁっ」

目が合ったとき、キースがふっとその濃いグレイの瞳を細めて微笑《ほほえ》んだと思ったのは僕の錯覚だったのか――ぐっと僕の手を握ったあと、彼はまた僕の脚を抱え上げると、律動のスピードを一段と速めた。

「……くっ……」

やがてキースは低く声を漏らし、息も絶え絶えの僕の上で伸び上がるような姿勢になった。ずし、と後ろに精液の重さを感じ、僕は彼が達したことを知った。

「……リョーヤ」

微かに息を乱しながらキースが僕の名を呼んだような気がしたが、そのとき既に僕は意識を手放し、深い闇《やみ》に吸い込まれるようにして気を失ってしまっていた。


喉が渇いた――。

物凄《ものすご》く淫猥《いんわい》な夢を見たような気がする。身体も酷くだるい。何より喉がカラカラだ。水が飲みたいな――寝ぼけた頭がだんだんと覚醒《かくせい》してくる。

なんだか頬が温かい。頬だけじゃなく、胸も腕も脚も――この温《ぬく》もりは一体――？

うっすらと目を開いたとき、小さなベッドサイドの灯《あか》りの中、あまりに近いところにあるキースの端整な顔に驚き、僕はがばっと身体を起こした。

「……ん……」

僕の動きに目覚めたのか、キースが眉《まゆ》を顰《ひそ》め、なんだというように薄く目を開いて僕を見たあと、上掛けを剝ぎ上体を起こす。

「大丈夫か」

「……あ……」

じっと目を見つめて問いかけてくる彼に、今の自分の状態が果たして『大丈夫』なのか否かがわからず、うんともいやとも答えられないでいる僕に、キースが問いを重ねてきた。

「喉が渇いたのか？」

「……はい……」

その問いにはかろうじて頷《うなず》くことができたのだが、キースは僕の答えを聞くと、

「待ってろ」

唇の端を上げるようにして微笑み、かろやかな動作でベッドを下りて備え付けの冷蔵庫へと向かっていった。

「…………」

見事な体軀《たいく》を覆う布は何もない。全裸の彼の後ろ姿を目で追いながら、僕は自分が今置かれている状況に頭を抱えたくなっていた。

今まで身体に感じていた温もりはキースの剝《む》き出しの肌だった。まるで恋人同士のように彼の肩に頭を乗せ、その身体に両手両脚を絡めて寝ていた自分もまた全裸である。

どうしてこんなことが——呆然とその場に座り込んでいた僕に、だんだんと記憶が甦《よみがえ》ってくる。

そうだ。僕が『幸福な花嫁の涙』ごと、ローランドに——『blue《ブルー》 rose《ローズ》』にさらわれてしまったのを、キースが単身助けに来てくれたのだった。

ローランドに催淫剤だと妙な薬を与えられ、熱に浮かされるようにして僕は——。

『あっ……はぁっ……あっ……あっあっ』

己の嬌態がまざまざと甦るのに、さあっと頭から血の気《け》が引いてゆく。

なんということだ――頭に浮かぶのはその一言だけで、僕はもう完全に茫然自失《ぼうぜんじしつ》の状態に陥ってしまっていた。

いくら薬のせいとはいえ、あまりといえばあまりな振る舞いだったと思う。人との交流を得意としない僕にとって、肉体的交流も――すなわちセックスも、どちらかといえば苦手なもののはずだった。勿論男であるから、性的衝動を覚えないことはないけれど、セックスの最中にめくるめく快感を覚えたことは、今までなかったように思う。

与えられる快楽にあんなにも乱れ、更なる快楽をねだるなど、とても自分の所業とは思えなかった。痴態の限りを尽くした己の姿を次々と思い浮かべ、ああ、と深く溜《た》め息をついてしまったそのとき、

「ほら」

いきなり目の前にミネラルウオーターのペットボトルが現れ、僕ははっと我に返った。

「…………」

顔を上げた先では、キースがぶすっとした顔で僕にペットボトルを差し出している。

「喉が渇いたんだろう?」

無愛想な顔はどうも、僕がいつまでも彼の顔を見上げたままで、せっかく持ってきてくれた水に手を出さなかったかららしい。ほら、と再び示されたボトルを僕が手に取るとキース

は、よしというように微笑み、再びベッドに戻りかけた。

「……あの……」

「ん？」

反射的に声をかけてしまったものの、実際彼が振り返ると僕は何を言おうかと迷って黙り込んでしまった。

水を持ってきてくれたことへの礼を言うべきか、いや、それより前に、助け出してもらったことに対して礼を言わなければならないだろう。それに――。

「…………」

キースは――彼はこの状況をどう捉《とら》えているのだろう、という今更の疑問が僕の口を塞《ふさ》いでいた。

彼は一体何を思って、僕を抱いたのだろうか。

苦しげな僕を放置できなかったからだろうか。実際、もしも彼に放置されたとしたら、僕は薬が切れるまで、火照る身体を持て余し欲情の発露の仕方もわからぬままにわが身を抱き締め一人苦しまなければならなかっただろう。

だから――？　だからキースは僕を抱いたのだろうか。見捨てるわけにはいかないとやむにやまれず僕を抱いたのか？

「どうした、ボーヤ」

呼びかけたにもかかわらず、ひとことも喋《しゃべ》らない僕に焦《じ》れたらしいキースが逆に問いかけてくる。

『ボーヤ』――いつもと少しも変わらぬ口調に、そしてやはりいつもと少しも変わらぬどこか人を小馬鹿にしているようなその表情に、戸惑いと安堵《あんど》がないまぜになったような思いが胸に込み上げてきて、益々口が利けなくなった。

どうして彼の態度は変わらないのだろう。先ほどまでの行為は――男同士で抱き合うなど、僕にとってはこれ以上ないほどの異常事態だというのに、キースにとってはまったく些細《ささい》な、それこそ取るに足りないようなことだったとでもいうのだろうか。

「……ああ、そうだ」

呆然と彼を見つめていた僕の座るベッドに腰を下ろしてきたキースが、ふと何かを思いついた顔になる。

「……はい……？」

何を言われるのだろう、と思ったとき、胸の鼓動がやけに速まっていった。が、続く彼の言葉はそんな僕にとっては肩透かしとしか思えないものだった。

「ボーヤのベッドはアッチだ」

「……あ……」

確かに彼が顎《あご》で示したとおり、昨日まで僕は隣のベッドを使っていた。

「まあ、このままコッチで寝てもらっても、俺としてはかまわないがね」

キースがにや、と笑い、僕の顔を覗き込んでくる。

「……移ります」

彼の顔はどう見ても『それではお言葉に甘えて』という言葉を待っているようには見えなかった。一体どういうつもりなのかという疑念を抱《いだ》きながらも、僕はのろのろとベッドを下り、隣へと移ろうとしたのだが、

「わ」

立ち上がろうとした途端、脚に力が入らず、へなへなとその場に崩れ落ちてしまった。

「手を貸そうか？」

背中でキースの呆《あき》れたような声が響く。

「大丈夫です」

先ほどの行為のせいで、思いのほか体力を消耗してしまったようだ。『腰が立たない状態』というのを生まれて初めて体感しつつ、僕は唇を嚙んでなんとか立ち上がり、キースのベッドを回り込んで隣のベッドへと向かった。

「おやすみ」

上掛けを剝ぎベッドへと潜り込むと、キースもまたベッドに横たわり、手を伸ばしてベッドサイドの灯りを消した。

不意に訪れた暗闇の中、上掛けを被《かぶ》って目を閉じた僕は、肌に感じるまっさらなシーツの心地よさに我知らず溜め息をついていた。

自身のついた溜め息の大きさにはっとすると同時に、もしやという思いが生じる。

もしやキースはこの心地よさを僕に与えるために、ベッドを移れと言ったのか？　汗と精液に塗《まみ》れたベッドでは僕が眠れまいと気を遣って――？

まさか、と僕は頭に浮かんだその考えに、暗闇の中、一人首を横に振った。

そこまで彼が僕に気を遣ってくれるとは思えない。きっと彼としても男同士で一つベッドに寝るよりは、こうして別々に寝るほうが好ましかったに違いない。

考えすぎだ、と自分の馬鹿げた思考に苦笑しかけた僕の頭に、再び先ほど芽生えた疑問が湧《わ》き起こってくる。

キースは一体、どういうつもりで僕を抱いたのだろうか。

「…………」

しんとした室内に、もう眠ってしまったのだろうか、規則正しいキースの呼吸音が響いてくる。

本人に聞かなければ答えは得られないということがわかりきっているにもかかわらず、どうしても問いかける勇気が出ぬうちに、いつの間にか僕は疲れ果てた身体が求める眠りの世界へと引き込まれてしまったようだった。

7

　翌日、僕は丸山《まるやま》刑事部長に警視庁へと呼び出され、酷く叱責《しっせき》された。賊《ぞく》を逮捕するどころか誘拐されるとは何事かというのである。

「まったく、君には失望した。偽バロア卿の居場所を突き止めたのも、それに宝石を奪われずにすんだのも、すべてインターポールの北条《ほうじょう》刑事の働きだというじゃないか。それに比べてなんだね、君は。まったくいい物笑いの種だよ」

「申し訳ありません」

　すべて丸山の言うとおりで弁解のしようもない。謝罪するしかなかった僕に丸山は憤懣《ふんまん》やる方なしといった口調で叱責を続けた。

「インターポールが『blue rose』と思《おぼ》しき人物を割り出したが、君はなんの手がかりも摑めなかったというのか？　立場としては同じだったはずだろう？」

「なんですって？」

　嫌みとして言われた言葉ではあったが、インターポールが既にローランドの正体を突き止めていたというのは初耳だった。驚いて問い返した僕に丸山は、

「なんだ、北条刑事から聞いてないのか」

益々呆れた顔になり、机の上の書類をばさ、と僕へと投げつけるようにして渡した。

「ローランド・モリエール。推定年齢三十三歳。イギリス人だ」

「…………」

びっしりと細かい英語で書かれた書類を読み始めようとした僕に、丸山の怒声が飛んだ。

「のんびりこんなところで書類に目を通してる場合か！　すぐにホテルに戻って北条刑事に合流しろ！　偽バロア卿を捜せ！　警視庁の威信にかけて、なんとしてでも日本にいるうちに逮捕するんだ。いいな？」

「わかりました」

丸山の罵声《ばせい》に追われるようにして部屋を出た僕は一旦《いったん》捜査三課へと戻ったのだが、部屋にいた課員たちの目は部長同様冷たかった。唯一「月城さん、大丈夫でしたか」と駆け寄ってきてくれた山下《やました》に、赤沼《あかぬま》課長の行く先を尋ねた。

「ホテルです。本物のバロア子爵の長男がようやく来日したそうなので話を聞くとのことで」

「わかった。ありがとう」

礼を言い部屋を出ようとした僕の耳に、古参の刑事の聞こえよがしな嫌みが響いてきた。

「いつも偉そうにしているくせに、情けないよなあ」

「頭脳は優秀でも、実戦には弱い。典型的な頭でっかちだよな」

どっと笑い声が起こるのを聞こえないふりをし、早足で部屋を離れる。落ち込んでいる暇はない。普段から彼らによく思われていないことはわかりきっていたことじゃないか、失態を笑われたことを気にするよりも、その失態を挽回《ばんかい》する術《すべ》を考えなければと自身を鼓舞しようとしたが、沈む気持ちはなかなか浮上してはくれなかった。

それにしてもインターポールが既にローランドの正体を割り出していたとは驚きだった、と覆面パトカーを運転しながら僕は一人溜め息をついた。

今、捜査結果が出ているということは、キースは事件が発覚する前に本部にローランドの身元を照会していたということだろう。一体いつ彼は、ローランドを偽子爵と見抜いたのか。

ローランドが偽者だということも、キースが彼を疑っていたということも、少しも気づかなかった、と思う僕の口からはまた、大きな溜め息が漏れていた。

キースとの能力の差を見せつけられた思いがする。その上、彼には昨夜――。

『もっと……っ……もっと強くっ……あっ……』

いくら薬のせいとはいえ、彼の腕の中で乱れに乱れた自分の姿を思い出すたびに、叫び出したくなるほどのやりきれなさに襲われる。キースは昨夜のことをどう思っているのか、彼の態度がまるで今までと変わらないこともまた、僕のやりきれなさを別の意味で煽《あお》っていた。

今朝も彼は、まるで何事もなかったかのように僕を朝食に誘ったのだ。食欲がないと断るとあっさり一人でレストランへと出かけていったが、彼の口調からも態度からも昨夜の行為の余韻は欠片《かけら》ほども感じられなかった。

彼にとっては僕を抱いたことなど、歯牙《しが》にもかけないものなのか――？

「……ん？」

一体何を気にしているんだ、とふと我に返った僕は、己の頭に浮かんだ考えに一人首を傾げた。

別にキースがどう思っていようが、関係ないじゃないか。何より、何事もなかったかのように接してくれたほうが、彼と警視庁との窓口を任されている僕にとっても、仕事がしやすいという意味では有り難いはずだ。

多分キースにとっても、昨夜のことを蒸し返さないほうが仕事がしやすいということなのだろう。そんな当然のことに今まで気づかず、一人ぐるぐると悩み考えてしまっていた自分が情けなくなってくる。

しっかりしろ、と僕はハンドルを握りながら自身に活を入れた。

今はそんな、つまらないことに囚われている場合じゃないのだ。ローランドを――偽バロア子爵の行方を捜し、逮捕することだけを考えよう、と僕はまだもやもやと胸の中に巣食っているさまざまな思いに気力で蓋《ふた》をすると、少しでも早くホテルに到着しようと空《す》いている道を探し、ナビを操作し始めた。

お台場のNホテルには、制服、私服の警官が溢《あふ》れていた。

「遅かったな」

昨夜展示会が行われた会場は、ローランドの行方を捜すのに役立つ手がかりが残っているのではないかと、彼が姿を消したときそのままの状態が保たれており、鑑識が指紋や足跡を採取していた。

その会場の隅に警察や警備会社、それに主催のB社の人間が一団となって立っており、中にいた赤沼が、相変わらず嫌味な口調で僕を迎えてくれた。

「丸山部長、なんだって？」

にやにやと笑いながら尋ねてきたところを見ると、その『用件』が僕への叱責であることを予測していたのだろう。

「一刻も早く、偽バロア卿を逮捕するようにとのことでした」

叱責されたことは事実だが、あえてそれを彼に教えて喜ばせることはない。つまらぬ意地とは思いつつ丸山の『指示』を伝えた僕に、赤沼は一瞬不満そうな顔をしたが、

「本物のバロア卿が到着したそうですね」

僕がそう話題を振ると「ああ」と頷き、少し離れたところに立っている白人の青年をこっそりと顎で示した。

「彼がバロア卿だ。さっき北条刑事がいろいろと聞いていたが、何もわかっちゃないな」

赤沼は英語を喋るのは苦手だが、ヒアリングには問題がない。聞き漏らしはないだろうとは思ったが、一応僕も話を聞いておこうと、本物のバロア子爵の長男へと近づいていった。

「失礼、警視庁の月城と申します。少々お話を伺ってもよろしいでしょうか」

声をかけるとバロア子爵の長男は、心持ちむっとしたような顔を僕へと向けてきた。

「さっきから入れ替わり立ち替わり、何回同じ話をさせれば気がすむんだ」

ローランドと共通しているのは、彼も金髪碧眼《へきがん》であるということだけだった。顔立ちは悪くはないが、ローランドのように突出して良い、ということはない。単に今、彼が苛立《いらだ》っているせいかもしれないが、偽者の子爵のほうが本物よりもずっと品のある雰囲気をかもし出していた。

「月城君、詳しい話は僕がするから」

赤沼が慌てて飛んでくる。余計なことはするなといわんばかりに僕を睨《にら》んできた彼の後ろから、

「俺が話そう」

張りのあるバリトンの美声が響き、僕は声の主へと——いつの間にかその場に現れていた

キースへと視線を移した。

「………」

グリーンがかったグレイの瞳と、かち、と音がするほど目が合ってしまった僕の頬に、なぜだかカッと血が上ってゆく。

「結構です。課長から伺います」

ふいと彼から目を逸《そ》らし、ぶっきらぼうに言い捨てたのは、このわけのわからない頬の紅《あか》さを気づかれまいとしたためだった。

「いいから、来い」

だがキースは大股《おおまた》で僕へと近づいてくると、いきなり僕の腕を取り歩き始めた。

「ちょっととっ」

強引すぎやしないかと抗議の声を上げる間もなく、僕は彼に引きずられるようにして会場の外へと連れ出されてしまっていた。

「なんなんです」

離してください、と乱暴に彼の手を振り払おうとするより前にキースは僕の腕を離し、正面から僕を見下ろしてきた。

「偽子爵の——ローランド・モリエールの件は聞いたか」

「え？　ええ……」

いきなり本題に入られ、苦情を言う暇もなく頷いた僕に、キースが問いを重ねてくる。

「詳細は頭に入ってるか？」

「いえ、これからインターポールの報告書を読むところです」

「…………」

僕の答えにキースが呆れた顔になった。持っているのになぜ読まない、と言いたいのだろうが、運転中に書類を読むわけにはいかなかったし、一刻も早く現場に戻るべきだと思ったのだ。

「読むより早い。説明してやる」

内ポケットから書類を取り出した僕をちらと一瞥《いちべつ》したあと、キースは僕の手からそれを取り上げると、また聞き取るのが困難なほど早口の英語で話し始めた。

「ローランドもイギリスの貴族だ。もと貴族、と言ったほうがいい。三十年ほど前にイギリスで起こった『現代の青髭《あおひげ》』といわれる事件についての知識はあるか？」

「いえ、知りません」

まるで聞いたことがない事件だと首を横に振ると、

「日本までは噂が届かなかったようだな」

キースは納得したように頷き、その事件について説明を始めた。

「今から三十年ほど前、イギリスのある貴族の館から十八名の少年の死体が発見された。犯人はその館の主、モリエール伯爵で、街で拾ってきた見てくれのいい少年たちに、性的暴行を働いたあと、口封じのためその全員を殺害したという陰惨な事件だ。当時『現代の青髭事件』としてヨーロッパでは随分話題になった」

「モリエール伯爵というと……」

ローランドの本名じゃないかと問い返した僕に、キースは、そうだと頷いてみせた。

「ローランドの父親だ」

「やはり……」

溜め息交じりに頷いた僕の前で、キースの説明は続く。

「事件が発覚したあと、モリエール伯爵は警察に捕まるより前に自ら命を絶った。当然ながら伯爵家は取り潰《つぶ》された。ローランドはその『青髭』の一人息子である可能性が高い」

「……青髭の息子……」

あの美しい青い瞳の持ち主が、そんな恐ろしい殺人鬼の血を引いていたとはなんだか信じられない——怪盗を名乗っている彼であるので、血筋は争えないと思ったほうがどれほど自然かわからないというのに、なぜか僕の頭に最初に浮かんだのはそんな、キースに知られたらまた『呑気《のんき》』と鼻で笑われそうな感想だった。

「まだ確定とは言いがたいがね」

何か質問はあるか、とキースに問われ、先ほどから疑問に思っていたことを問いかけてみ

た。

「いつからローランドが偽者だと気づいていたのです？」

「なんだ。そんな質問か」

キースが呆れた顔になる。

「自分が気づかないことをなぜ俺が気づいたのかとでも言いたいのか？　面子《メンツ》だかなんだか知らんが、他に聞きたいことはないのかよ」

「別にそういうつもりでは……」

ない、とは言い切れないだけに僕は、言い訳を途中でやめた。

「まあいい。教えてやるよ」

キースはやれやれ、というように溜め息をつくと、それでも僕の問いに答えてくれた。

「モデルのアンジェラの出演を俺が差し押さえたのを知ったとき、奴がなんて言ったか、覚えているか？」

「……え？」

僕が記憶を辿ろうとしている間に、キースが答えを口にする。

「『今までにない警察の辣腕《らつわん》ぶりには、ただただ感服する』——そんなようなことを言っただろう？」

「そういえば……」

確かにそんな会話がキースとローランドの間でなされていたような気がする。だがそれで何がわかったのだと眉を顰めた僕に、キースはまたやれやれ、というように溜め息をついた。

「ローランドが本物のバロア卿の息子なら、警察とのやりとりも今回が最初ということになる。『今までにない辣腕ぶり』などという、以前と比較するような言葉を言うはずがないじゃないか」

「あ……」

そうか、と僕はキースの答えに感心したのだが、同時に酷い落ち込みも感じていた。キースとローランドの間でその会話が交わされていたとき、僕も彼らの傍《そば》にいて同じ話を聞いていた。僕だってローランドを怪しいと思うべきだったのに、あっさり聞き流してしまったことが情けない。

これでは部長に叱責されて当然だ。課員たちが言うように普段偉そうにしているつもりはさらさらないが、彼らに能力を疑われても仕方ない、と唇を噛んだ僕の耳にキースの無愛想な声が響いてきた。

「そんなことより、だ」

「はい」

確かに今は自分の無能さに落ち込んでいる場合ではなかった。姿をくらましたローランドの行方を捜すことが先決だ。気持ちを切り替え顔を上げると、キースはにこりともせず、逆に僕に問いかけてきた。

「ローランドはお前と宝石をどこに運ぼうとしていたのか——今もその場所に潜伏しているのではないかと思うんだが、心当たりはないか」

「……いえ……」

キースに問われるまでもなく、僕もローランドがどこに姿を隠したのか、その居場所をずっと考えていた。

「あの船の中で彼と何を話した？」

「何って……」

言いよどんでしまったのは、囚われの身になったとき、ローランドとは会話らしい会話を交わしていなかったからなのだが、キースは僕が隠し事をしていると思ったらしい。

「必要な部分だけ話してくれればいい」

不機嫌さを隠さない口調でそう言いじろりと睨んできた彼に、僕は誤解だ、と慌てて口を開いた。

「別に何を隠そうとしているわけではありません。すべてお話ししますが、会話らしい会話は殆ど交わさなかったのです。彼が僕に言った言葉といえば、自分が『blue rose』だということと、宝石と僕が欲しかったので、一緒にさらう手立てを考えていたということと……そのくらいです」

「一緒にさらう手立て……モデルの代役をお前にさせたことだな」

キースが僕の言葉に頷いたあと、

「他には？」

小首を傾げるようにして僕に問いを重ねた。

「……それ以外は特に何も……」

「どんな些細なことでもいい。どこにヒントが転がっているかわからない。他に何も喋らなかったわけじゃないだろう」

「…………」

僕は必死に、あの船での状況を思い出そうとしたのだが、ローランドの居場所を探るヒントになりそうなものは何も思いつかなかった。

「他に覚えている言葉はないか？」

キースが焦れた声でそう尋ね、じっと僕の目を見据えてくる。真摯《しんし》な眼差《まなざ》しを前に、何か思い出したいと思うのに、どんなに記憶を辿ってもこれといった言葉は何ひとつ思い浮かばなかった。

「なんでもいい。彼に何を言われた？」

考え込んでしまった僕に、キースがまた問いかける。僕が何か答えるまで諦《あきら》めまいとしている様子の彼の期待に応えようと、僕は必死で頭を絞った。

「……僕の名前が美しいとか、容姿が美しいとか……」

そんな戯《ざ》れ言を言うだけでも恥ずかしかったが、あとは催淫剤を飲まされた際に、『経験が浅い』とか『痛い思いはさせたくない』などと言われたくらいだ。さすがにそこまで伝えるのは躊躇《ためら》われ、僕は口を閉ざした。

「そうか」

キースは相槌《あいづち》を打つと、暫《しばら》くの間僕をじっと見つめたままでいた。

「……あの……」

グリーンがかったグレイの瞳に僕の顔が映っている。射貫《いぬ》くような彼の視線を前に、なぜか僕の胸の鼓動は速まり始め、どうしたことだと僕は慌てて彼から目を逸らせると、

「そのくらいです」

これ以上話せることはない、ときっぱりそう言い切った。と、そのとき、

「月城！　いるか？　大変だ！」

どたどたと人が走ってくる音がしたと思った次の瞬間、顔色を変えた赤沼が駆け込んできて、僕はわけのわからない胸の高まりを忘れ彼へと視線を向けた。

「何事だ」

僕の代わりにキースが赤沼に問いかける。赤沼は一瞬答えを躊躇《ちゅうちょ》したように見えたが、すぐにぜいぜいと息を切らしながら彼言うところの『大変』なことを話し始めた。

「今、ホテルに『blue rose』から予告状が届いた！」

「なんですって⁉」

驚いて大声を上げた僕の傍らで、キースも驚きに息を呑《の》んだ気配がする。

「これだ」

赤沼が持っていた便箋《びんせん》を僕へと示した。彼が手袋をしているのを見て、僕もポケットから手袋を取り出そうとしたのだが、一瞬速くキースが横から素手でその便箋をかっさらっていった。

「君、指紋が……」

赤沼が非難の声を上げたのに、

「指紋など残しちゃいないだろう」

キースはあっさりとそう言うと、早速文面を目で追い始めた。僕も彼の横から便箋を覗き込む。

『バロア卿はじめ警察の皆さま
今晩私の「花嫁」をいただきに参上します。

blue rose』

いかにも高級そうな便箋に、三行ほどの文章が英語でタイピングされていた。

「ふざけやがって……」

キースが忌々しげに呟いたあと、厳しい視線を赤沼に向ける。

「この招待状はどのようにして届いた？」

「フロントに子供が届けに来たそうだ。宛名は展示会責任者様となっていた」

「その子供は？」

「探し出して話を聞いたが、どんな人物に頼まれたのか、男だったか女だったかも覚えていない、という状態だそうだ」

子供は五歳の男の子で、その後も女性警官や母親がなんとか思い出させようとしたのだが、手がかりとなるようなことはその子の口から一切聞くことができなかった。

「捜査会議を開くので、先ほどの会場に戻ってください」

赤沼はキースの手から予告状を取り上げ、僕に向かって「お前も来い」と言い捨てると来た道を引き返していき、僕とキースも彼のあとに続いて会場へと戻った。

捜査会議には、警察と警備会社、それに本物のバロア卿に、展示会主催のB社の人間が同席した。

警察と警備会社はまず、バロア卿に盗難予告の出ている『幸福な花嫁の涙』を、たとえば銀行の金庫など安全な場所に移すことを提案した。キースの機転で盗難を免れたその宝石は今、バロア卿の手の中にあったからである。

だがバロア卿は、頑としてその要請を退け、赤沼をはじめとする警察と警備会社を困らせた。

「輸送中に盗まれたらどうするのです？」

「ですがお手元に置いておくほうが危険度は高いと思われます」

赤沼は必死で彼を説得しようとしたが――因《ちな》みに通訳は僕がさせられたのだが、バロア卿は決して首を縦には振らなかった。

「この『幸福な花嫁の涙』はバロア家に伝わる家宝だ。こんな大切なものを人の手に預けることなどできるわけがない」

どうも彼は、一度その石が盗まれかけたということで非常にナーバスになっているようだった。

「宝石を持っている私を警備すればいいじゃないか。それとも完璧な警備態勢を警察は整えられないとでもいうのか？」

そこまで言われてしまっては、赤沼も「わかりました」と頷くしかなく、急遽《きゅうきょ》バロア卿が宿泊しているスイートルームにも、警備態勢が敷かれることになった。

キースは彼らしくなく、警視庁とバロア卿のやりとりを傍観していた。インターポールに先を越されたことを根に持つ赤沼が、敢《あ》えてキースを会話に加えようとしなかったということもあったが、普段の彼ならそんなことはおかまいなしとばかりに口を挟んでくるだろうに、なぜかじっと考え込んだまま一言も発言しようとしなかった。

予告状に『今夜』とあるから、『blue rose』が——ローランドが現れるのは夜だと思われたが、油断はできないと、警察も警備会社も配置が決まったあとはその場で神経を張りつめていた。

僕に与えられた仕事は、バロア卿の部屋のドアの前の見張りだった。僕だけがローランドの一味の顔を見ているから、彼らが部屋に出入りしないように見張れ、という指示だったが、基本的には部屋への出入りは決められたホテルの従業員しかできないようになっていた。

キースと赤沼はバロア卿の部屋の中の、『幸福な花嫁の涙』に一番近いところで宝石を見張っていた。ホテルには警官と警備員、総勢三百名による二重三重の警備網が張られ、それこそ人っ子一人どころか、ねずみ一匹侵入できないようになっていた。

こんな中、ローランドはどうやって『幸福な花嫁の涙』を盗もうとしているのだろう。彼の予告した『今夜』が更けてゆくに従い、僕は彼の『予告』が初めて達成されずに終わるのではと思いかけていた。

午後十一時半を回った頃だろうか。僕の携帯が着信に震えた。見ると非通知の番号で、誰からだろうと、扉の前に立っていた同僚に「失礼します」と声をかけ、少しドアから離れたところで電話に出た。

「もしもし？」

『月城君か。丸山だ』

電話は丸山刑事部長からだった。警視庁内からの電話だと番号は非通知になる。

「なんでしょう」

『宝石は無事か？』

「はい。今のところ不審なことは何一つ起こっていません」

丸山は心配でいてもたってもいられないらしい。わざわざ電話をしてきた彼の話は続いた。

『なんとしてでも「幸福な花嫁の涙」は守り通すんだ。いいな？』

「はい、それは勿論」

『「blue rose」が現れたらその場で逮捕しろ』

「はい」

言われなくてもそうするよ、と思いつつ、なかなか電話を切ろうとしない丸山を持て余していたそのとき、いきなり館内の電気が消えた。

「なんだ？」

「どうした!?」

あちこちから警官や警備員たちの声がする。

「落ち着け！」

僕は暗闇の中、慌ててドアへと駆け戻ると、周囲に向かって大きな声を出した。

「ドアの近くを離れるな！　室内に誰も入れては駄目だ！」

部屋の中はキースや赤沼をはじめとする十数名の警官に守られている。部屋への侵入は僕らがドアを守っている限り、不可能なはずだった。

「いいな！　ドアの前を離れるな！」

警備の人間が室内の無事を確認しようと踏み込みでもしたら、逆に隙を与えることになる。それだけは防ごうと再び大声で指示を出したそのとき、

「うっ……」

いきなり後ろから羽交い締めにされ、声を上げようとした口を塞がれた。革の匂いと感触から手袋をしていると思われるその人物はどうやら長身の男のようで、抵抗を奪ったまま僕を引きずってゆく。

「月城警視？」

「どうしました？」

周囲がざわめく声がする。助けてくれ、と叫ぼうとした僕の耳は信じられない声を聞いた。

「なんでもない！　配置を離れるな！　いいな？」

その場に響き渡ったのは、どう聞いても僕の声だった。そんな、と僕は一瞬呆然としたのだが、

「わかりました！」

「おい、持ち場を離れるな！」

警官たちが納得している様子に、違う、偽者だと、誰だかわからない男の腕の中で、手足をばたつかせ暴れまくった。

「間もなく灯りがつく！　それまでは離れるなよ！」

やはり僕の声としか思えない声が響く。その声が既に遠くに聞こえるほどに、僕は長い廊下を引きずられていた。

と、そのとき館内の電気がついた。同時に僕は従業員用のエレベーターに押し込まれていた。

「離せっ」

一気に上昇する箱の中、なんとか男の手を振り解《ほど》き振り向いた僕は、

「やあ」

僕に向かってにっこりと微笑みかけてきたその顔に、驚きの声を上げていた。

「ローランド!!」

なんと僕を羽交い締めにし、エレベーターに連れ込んだのはローランドだった。どのようにしてホテルへと入り込んだのだと問うより前に、ローランドの手が伸びてくる。

「よせっ」

ぐるりと視界が回ったと思ったときにはもう僕は、彼の肩に担がれていた。

「離せっ」

「暴れないでくれ」

危ないよ、とローランドは笑いながら、開いたエレベーターの扉から外に出る。

エレベーターを出てすぐの扉を開くと、なんとそこは非常用のヘリポートだった。バラバラとプロペラ音が響き、物凄い風が巻き起こる中、ローランドが僕を肩に担いだまま、真《ま》っ直《す》ぐにヘリコプターへと向かってゆく。

「下ろせ！　おいっ！」

僕の抵抗などものともせずローランドがヘリに乗り込んだそのとき、轟音《ごうおん》の中、大勢の人間が駆けてくる足音が響いてきた。

「月城！」

「リョーヤ！」

聞き覚えのある声に振り返ろうとした僕をローランドがヘリへと押し込み、あとから自分も乗り込んだ。ふわ、とヘリが浮いたその下に、赤沼とキース、それに大勢の警官が駆け寄ってくる。

「待て！　ローランド！」

叫ぶキースに向かい、まだ閉まっていなかったドアから身を乗り出し、ローランドが叫び返した。

「予告どおり、私の『花嫁』をいただいていくよ！」

「なんだって？」

彼の言葉に、一番に驚きの声を上げたのは僕だった。

「リョーヤ！」

キースが僕の名を叫ぶのに、乗り出そうとした僕の身体を引き戻し、ローランドがヘリのドアを閉める。

「やっと手に入れた。僕の花嫁」

そのまま抱き竦《すく》められそうになるのを、必死で彼の胸に両手を突っ張って制しながらも、未だに僕は自分の身に起こった出来事を信じられずにいた。

なんとかローランドの手を振り払い、窓へと縋《すが》りつくようにして見下ろした地上では、大勢の警官が駆け回っていたが、その中で黒い髪を爆風に煽られ、じっとヘリを見上げて佇《たたず》むキースの姿に僕の目は釘付けとなった。

「何を見ているの？」

背後からローランドがまた僕を抱き締めようとする。

「よせっ」

振り返り彼の身体を押しやろうとした僕の口を、白い布が覆った。甘い匂いを吸い込んでしまった途端、くら、と眩暈《めまい》がし意識が遠のいてゆく。

「……っ」

「あまり暴れられると飛行の妨げになるものでね」

悪く思わないでくれ、と笑うローランドの声を遠くに聞いたのを最後に目の前が真っ暗になり、僕はヘリの中、ローランドに抱かれたまま気を失ってしまったのだった。

8

「……ヤ？　リョーヤ？」

パチパチと頬を軽く叩かれるのに、僕の意識がゆっくりと覚醒してゆく。

「……ん……」

薄く目を開いた途端、光の洪水が飛び込んできて、眩《まぶ》しさのあまり僕はぎゅっと目を閉じた。

「大丈夫？」

耳元で問いかけてくる甘やかな声音は聞き覚えがある。完璧とも思えるこのクイーンズイングリッシュは確か——。

「あっ」

混沌《こんとん》とした意識の中、その声の主の顔がぱっと浮かんだと同時に僕は、今自分が置かれている状況を思い出した。

慌てて起き上がった僕の目の前にはあの、澄んだ湖面を思わせるローランドの青い瞳があった。

「気分は悪くないかい？」

美しいその瞳を細め微笑みかけてくる彼の顔には、少しも気負ったところがない。対する僕は、一体どこへ連れてこられたのだとびくつきながら周囲を見回していた。

この間連れ込まれたクルーザーではなさそうだった。窓が一つもないことと、やたらと豪華な調度品が揃《そろ》っているところは共通していたが、部屋の天井は高く、面積も随分広い。

「リョーヤ、気分は悪くないかい？」

床も揺れていないから多分、船ということはないだろう、と自分の居場所をあれこれと慮《おもんぱか》っていた僕の耳に、ローランドの声が響いた。

「……ここはどこだ？」

僕が寝かされていたのは、あの船にあったのよりも一回り——いや、三回りは大きい天蓋《てんがい》つきのベッドだった。船では掛け渡された布は白だったが、この部屋のは濃い紫色のビロードで、後ずさろうとした僕の手の下にあるシーツは極上のシルクだ。

「日本滞在用に用意した、僕の隠れ家だよ」

ローランドが僕が下がった分だけ身を乗り出し、にっこりと微笑みかけてくる。

「君を連れてくることができて嬉しいよ、リョーヤ」

「……一体何を考えているんだ？　あの予告状はどうした。『幸福な花嫁の涙』を盗むんじゃなかったのか？」

なぜに僕が連れてこられたのだ、と問いかけた僕の前で、ローランドは楽しげな笑い声を上げた。

「今回も予告状どおり、盗ませてもらったよ。僕の『花嫁』をね」

「花嫁？」

意味がわからない、と更に身体を引こうとした僕の腕をローランドが掴み、ぐっと彼の胸へと引き寄せようとする。

「何をする⁉」

ぎょっとし逃れようとした背を益々強い力で抱き締めながら、ローランドが僕の顔を覗き込んできた。

「前に言ったろう？『幸福な花嫁の涙』も欲しいが、君のことも本当に欲しかった、と」

「欲しいってなんだっ！　僕は男だっ！　花嫁じゃないっ」

「君の性別くらいは僕にだってわかるよ」

離せ、と暴れる僕の耳元に唇を寄せ、ローランドが囁《ささや》きかけてくる。

「欲しいというのはね、僕が君に恋に落ちたということさ」

「え？」

恋、という耳慣れない単語が一瞬僕の抵抗を奪った。今彼は何を言ったのだと戸惑っていた僕の頰に、ローランドの男のものとは思えない、綺麗な長い指が添えられる。

「一目見て君の虜《とりこ》になった。君が好きだ。なんとしてでも君を僕のものにしたかった」

熱い指先を感じた途端、僕の身体は自分でも驚くほどにびく、と震えた。

「やっぱり君は感じやすいみたいだね」

ローランドに、くすりと笑われ、僕の頭にカッと血が上ってゆく。

「この間は思わぬ邪魔が入ったけれど、今日こそ逃がしはしない」

「やめてください」

ローランドの唇がゆっくりと僕の唇へと近づいてくる。彼の肩を両手で押しやろうとすると、僕の頬にあった彼の手が首筋を滑り、スーツの襟《えり》を割ってシャツ越しに胸を撫《な》で上げてきた。

「……っ……」

またも、びく、と身体が震えてしまったことに衝撃を覚え、手足が竦んでしまう。

「また薬を使おうかと思ったけれど、必要ないかもしれないね」

そんな僕にローランドが笑いを含んだ声で囁き、尚も胸を弄ろうとしてきたのに、思いもかけない自身の身体の反応への戸惑いやら羞恥やら嫌悪やら、あらゆる感情が押し寄せてきて、僕は堪らずローランドの胸を押しやり、大きな声で叫んでいた。

「いやだっ！　僕はそんな男じゃないっ」

「どういう意味？　感じやすいことは別に恥ずべきことじゃないよ」

ローランドの手がシャツの上から僕の胸を撫で回す。

「やめ……っ」

「快楽を貪《むさぼ》ることは決して悪いことじゃない。愛し合う二人の間で繰り広げられる性の饗《きょう》宴《えん》こそ、この世のすべての悦楽の最高峰に位置するものだと僕は思う。君にもそんな快感を味わわせてあげたい」

耳元で囁かれる少し掠《かす》れたような彼の声音に、シャツ越しに胸の突起を擦り上げてくる彼の熱い掌の感触に、『感じやすい』ため か僕の身体はびくびくと震え、益々僕をパニックへと追い込んでいった。

「いやだっ！　やめろっ」

「君の身体は『いや』とは言ってないと思うよ」

ローランドの手が手早くスーツのボタンを外し、そのまま下肢へと滑ってくる。

「ほら、もう熱くなってる」

ぎゅっとそこを握られ、しかもそれが熱を孕んでいたことまで露呈してしまった羞恥が、僕の口から思ってもいない言葉を迸らせた。

「よせっ！　僕はあなたみたいな男じゃない！」

「僕みたいな男？」

ローランドの手が一瞬止まる。

「どういう意味かな？」

「……っ」

問いかけてきた彼の手が、再びぎゅっとそこを握ってくる。冴《さ》え冴《ざ》えとした青い瞳がじっと僕の瞳を見つめている。目を逸らせることすら許さない瞳が、既にパニックに陥っていた僕に恐怖を抱かせ、その手を、そして視線を逃れたい一心で、僕は頭に渦巻く言葉を彼に向かって叫んでいた。

「よせ！　僕は快楽なんていらない！　青髭の息子とは違うんだっ」

「…………」

『青髭』という単語が口から発せられたとき、目の前のローランドの頬がぴく、と痙攣《けいれん》したのがわかった。すうっと彼の顔色が青ざめていく。

「君は僕の父のことを知ってるのかな？」

青ざめた顔のまま、ローランドが硬い声で問いかけてくる。今までにないその表情に、しまった、と僕は今更のように、自身の考え足らずの発言を悔いていた。

『青髭の息子』などという言葉を告げたことは、『blue rose』の――ローランドの正体を警察が突き止めたことを暴露したに等しい行為だ。警察はその情報を握った上で今後彼の逮捕に向けて動いていくだろうに、それより先に僕が彼に、身元が既に知られているという情報を与えてしまった。

「『現代の青髭事件』と言われたあの、三十年前の事件を知ってるのかな？　と聞いてるんだよ」

ローランドの手が僕の両肩に食い込んでくる。痛みすら覚えるほど強く摑まれた肩を見下ろすと、指先が白くなるぐらい力が入っているのがわかり、僕はまた新たな恐怖に見舞われ、おずおずと彼の顔へと視線を戻した。

「どうなんだ？」

ローランドが厳しい目で僕を見下ろしている。正体が知れたとわかったことで、自棄《やけ》を起こしているのではないか――父親同様、僕を嬲《なぶ》り殺しにするのではないかという恐怖で、もう僕は口を利くこともできなかった。

ただただ身体を竦ませ、震えていた僕の目の前で、ローランドの厳しい眼差しがふと緩んだ。

「……そんなに怯《おび》えないでくれ」

「……え……」

苦笑するように笑った彼の手は僕の両肩を外れている。その笑みは泣き笑いとしか思えなく、どうしたのだろうと僕は恐怖を一瞬忘れ、ローランドの表情に見入ってしまっていた。

「僕は確かに『現代の青髭』と言われた父を持つ」

ローランドが僕の腕を摑む。びく、と身体を震わせた僕を見て彼はまた、泣き笑いのような表情を浮かべたあと、ぐい、と取った腕を強く引いた。

そうして僕の上体を起こした彼は、すぐに僕の腕から手を離すと、ぽつぽつと話し始め、僕は逃げることも忘れて彼の話に耳を傾けていった。

「今から三十年ほど前のことだ。当時僕は三歳で、記憶らしき記憶は殆ど残っていないものの、あの日——父が自害した日のことはよく覚えている」

ローランドは膝《ひざ》の上で組んだ両手を、あたかも当時の記憶を辿るかのような目で見つめていた。

「屋敷の庭中が掘り起こされていた。中から少年の死体が出てきたというのはあとから聞かされた話で、当時の僕には大勢の人間が庭で何を大騒ぎしているのか、まるでわかっていなかった」

ここで彼は一旦言葉を切り、ふと顔を上げて僕を見た。

「……僕がわからなかったように、父も何が起こっているのかわからない、と言っていたんだ」

「……え……」

ローランドの顔にはまた、泣き笑いのような表情が浮かんでいた。

「父は何度も僕に繰り返し言った。自分は人殺しなどしていないと。これは誰かの陰謀だとも言っていたが、何より父が僕に伝えたかったのは、父の無実を信じこの先胸を張って生きろということだった」

「……無実？」

どういうことかわからず眉を顰めた僕に、ローランドは小さく頷くと言葉を続けた。

「父には財力も政治力もあった。そんな父を疎んじる派閥が当時の貴族の社会ではあったのだそうだ。彼らが結託し、どんな手を使ったのか知らないが父に『青髭』などという汚名を着せ、社会から抹殺したのだ」

「しかし……」

どうしてそれがわかったのだという僕の疑問を察したのだろう、ローランドは小さく微笑むと、理由を説明してくれた。

「父は貧しい者を街で見かけると施しを与えるのを常としていた。食うに困る少年たちに食べ物や金を与えてはいたが、屋敷に連れ込むことなどなかった。使用人の誰もが知っているのに、警察は使用人の話を一切無視して証拠はここにあると、庭に埋められていた少年たちの死体を父に突きつけたのだそうだ」

「自分の罪ではないのなら、なぜ自殺など……」

淡々と話を続けるローランドにつられ、僕は思わず芽生えた疑問を口にしてしまったのだが、しまった、と口を閉ざすより前にローランドは僕の問いに答えてくれた。

「誇り高い父にとって、殺人鬼の汚名を着せられたことだけでも死に値するほど耐えられなかったのだと思う……父は自分を陥れた者たちの正体に気づいていた。どんなに無実を叫んでも聞き入れられないことがわかっていたから、逮捕されるよりも死を選んだのだと思う」

「…………」

ローランドの話をそのまま信じていいものか、僕は正直半信半疑の状態だった。顔にそれが出てしまったのか、ローランドは、

「まあ、信じられないと思う君の気持ちもわかるけれどね」

そう肩を竦めてみせたあと、「でもね」とまた真剣な表情になった。

「父を陥れた者がいるということは、爵位を剝奪《はくだつ》され家が取り潰されたあと、所蔵していた美術品や宝飾品がいつの間にかどこかへと消えてしまったことからもわかるんだよ。それらは三十年後の今、見も知らない貴族の家の『家宝』となっている。あの『幸福な花嫁の涙』もその一つさ。調べてもらえればすぐわかる。バロア子爵が家宝としているあの宝石が、あの家に代々伝わるものなどではないということがね」

「なんだって？」

驚きの声を上げた僕に、ローランドがゆっくりと頷いてみせる。

「あのサファイアは、父が母に贈ったものだ。代々モリエールの家では当主の婚礼の際には妻となる女性にあの宝石を贈る。何百年も守られていたその伝統はバロア家のものではない、僕の家のものなんだ」

そうだったのか――彼の話を聞きながら僕は、彼があのサファイアを前に何度も『我が家に伝わる宝だ』と繰り返し言っていたことを思い出していた。

彼は嘘を言っていなかったというのだろうか。あのサファイアはバロア家じゃない、ローランドの家に――無実の罪を着せられて自害した、彼の父親の家に伝わるものだったというのだろうか。

「……今まで僕が集めた美術品や宝飾品はすべて、父の所蔵していたものだ。殺人鬼の汚名を着せられた父の無念を晴らし、無実を証明することは、三十年も経った今となっては難しいが、父が愛したそれらの品を集めることなら僕にもできる――それで僕は名乗り始めたのだ。『blue rose』の名を。不当な手段で手に入れた者たちの手からは、同等に不当な手段で取り上げてやろうと思ってね」

ここで初めてローランドは、苦笑ではない、晴れやかな笑みを浮かべてみせた。あまりに魅惑的な笑顔に、彼の話のすべてを信じそうになっている自分に気づき、いけない、と首を横に振った僕の肩へと再びローランドの手が伸びてくる。

「信じられないかもしれない。だがたとえ誰に信じてもらえずとも、君だけには信じてほしい」

「…………」

切々と訴えてくる口調の熱さが、肩を掴む手の力強さが、じっと僕を見据える青い瞳の冴え冴えとした美しさが、僕の判断力を鈍らせ、彼の言葉に真実の重みを与え始めていた。

「三歳で父を亡くした僕には、両親と過ごした幸福な頃の記憶がごくわずかしか残っていない。母は父より半年ほど前に既に亡くなってしまっていたからね。だから僕はその『幸福』を再現した場所を、今作ろうとしているんだ」

僕の肩を摑んだローランドの手にぐっと力が籠もったのがわかった。僕の目を見つめる彼の青い瞳は、天空に輝くどの星よりも美しい煌《きらめ》きを湛《たた》えているように見える。

「父の愛した品々を集め、笑顔と安らぎに溢れた『楽園』を、とあるところに僕は作ろうとしている。幸福な時間を満喫できる、愛と慈しみに溢れた『楽園』をね」

うっとりとした口調となったローランドの頰は紅潮し、瞳の煌きは更に増していた。

「そこには愛と幸せしかない。涙で頰を濡《ぬ》らすことも、不安で胸が締め付けられることも一切ない。僕を悲しませるものも、憤らせるものも何もない。僕を和ませ、微笑ませるようなことしかその楽園では起こらない——いつか愛する人と二人、その楽園で暮らすことだけを僕はずっと夢見てきた。永遠《とわ》の幸福をいつか手にしたいとね」

ローランドの青い瞳がゆっくりと僕に近づいてくる。

「……どうだろう。リョーヤ」

「……え……？」

名を呼ぶ彼の唇は、僕の唇のすぐ近くにあるのに、僕はまるで彼の青い瞳に魅入られてしまったかのように、身動きすることができなくなっていた。

「僕と共にその楽園で暮らさないか？」

「……え……」

焦点が合わないほどに近づいていたローランドの瞳が微笑みに細められる。煌いていた星がすうっと吸い込まれていくように、僕の意識も彼の瞳の中に吸い込まれていく、そんな錯覚に僕は陥ってしまっていた。

「楽園で君の微笑む姿を見たい。僕が永遠の愛と幸せを分かち合う相手は君しかいない。君に初めて出会ったとき、僕ははっきりと感じた。君こそが僕の運命の相手だとね」

「……そんな……」

そんなことを言われても、と戸惑いの声を上げる唇を、ローランドの人差し指が押さえた。

「……あっ……」

ぞわりとした刺激に息を呑んだ僕に、美しい青い瞳がまたにっこりと微笑みかけてくる。

「君が好きだ。リョーヤ」

人差し指が外れ、代わりに彼の紅い唇がゆっくりと近づいてくる。なぜか頭がぼうっとしてしまい、身体には少しも力が入らず、顔を背けることもできない。

「永遠の愛を君に……僕の美しい花嫁に捧げよう」

囁くローランドの息が僕の唇にかかる。吐息の熱さに僕の身体がびく、と大きく震えるのをしっかりとローランドの腕が抱き締め、今、まさに唇と唇が触れようとしたそのとき――。

「ローランド様！」

ドンドンドンと激しくドアがノックされる音が室内に響き、僕ははっと我に返ってローランドの胸を押しやった。

「なんだ」

ちら、と僕を見下ろしたあと、ローランドが身体を起こしドアへと近づいてゆく。

「失礼します」

室内に駆け込んできたのは、確かアーサーと呼ばれた若者だった。プラチナブロンドに金茶の瞳をした、顔立ちの整った青年である。

「何事だ」

「侵入者を捕らえました。外部に連絡を取ろうとしているところを押さえました。今は地下牢《ろう》に繋《つな》いであります」

「侵入者？」

ローランドが驚きに目を見開く。その姿を前に、僕の胸の鼓動は変に高まり始めていた。

侵入者というのはもしや――一番に思い当たった人物の顔が脳裏に浮かび、益々鼓動が速まってゆく。

「よくここがわかったな」

「ヘリを追跡してきたようです。気になる単車があったのですが、途中で振り切ったものとばかり思っていました」

申し訳ありません、と深く頭を下げるアーサーに「気にするな」とローランドが微笑み肩を叩いて顔を上げさせる。

「彼か？」

「はい」

誰、と問わずとも、アーサーにはローランド言うところの『彼』が誰だかわかったらしい。硬い表情で頷いたのに、ローランドは「やはりそうか」と声を上げて笑ったあと、不意に僕を振り返った。

「お仲間を捕らえたよ。君も一緒に来るといい」

「……え……」

満面に笑みを浮かべ、ローランドが「さあ」と僕に手を差し伸べてくる。

「…………」

来いと言われてもと一旦は躊躇したが、彼言うところの『お仲間』が誰だか気になるあまり、僕はのろのろとベッドを下りローランドへと歩み寄っていった。

「いい子だ」

ローランドはにっこりと微笑み僕の背に腕を回すと、アーサーが開いたドアから僕と共に部屋の外に出た。

長い廊下を歩き、小さなエレベーターに乗り込む。ボタンは三つあったが、階数の表示はなかった。一緒に乗り込んできたアーサーが一番下のボタンを押すと、のろのろとエレベーターは下に向かい始めた。

部屋にも廊下にも窓がひとつもないということは、もしやこの建物全体が地下に造られたものなのだろうかと考えているうちに、ゴトン、とエレベーターが到着する音が響く。

「こちらです」

窓こそなかったが、カーペットといい調度品といい、重厚な雰囲気溢れる高級品ばかりに満ちていた今までの様相とはまるで違う、コンクリが打ちっぱなしの床と壁に戸惑いを覚えて立ち尽くしてしまっていた僕の背を、ローランドがまた「さあ」と促し二人してエレベーターを降りた。

長い廊下を暫く進み、右に折れたところが先ほどアーサーの言っていた『地下牢』らしかった。その名のままに鉄格子の嵌《は》まっていた部屋の中を覗き込んだ僕は、そこに囚われていた男に——僕がもしやと案じていたとおりの男に向かい、その名を叫んでしまっていた。

「キース！」

「やあ、ボーヤ」

打ちっぱなしのコンクリートの壁に、磔《はりつけ》のような姿勢で両手を上げさせられているにもかかわらず、まるで普段どおりの挨拶を返してきたキースに少しでも近づこうとした僕は、不意に肩を摑まれはっとして振り返った。

「感動の再会シーンを邪魔するつもりはないが、退《ど》いてもらえるかな？　鍵を開けたいものでね」

「…………」

ローランドが微笑みながらも、ぐい、と僕の身体を押し退《の》ける。

「アーサー」

「かしこまりました」

背後に立っていたアーサーが僕の前へと進み、持っていた鍵で錠前を外すと、「どうぞ」と扉を開いた。

「おいで、リョーヤ」

ローランドに背を促されるより前に、僕は扉から中へと入るとキースに駆け寄った。

「キース！」

「無事だったか」

キースの両手には手枷《てかせ》が嵌められていた。天井から下がる鎖の先に付いたその手枷が彼の両手の自由を奪い、両足首にも足枷が嵌まっていたが、壁から延びる鎖の長さは二十センチもなく、殆ど身動きがとれないという状態だった。

自分がそんな状況であるにもかかわらず、僕の無事を問うてきた彼の手枷をどうにか外せないものかと手を伸ばした僕の背後から、

「無駄だよ。君の力でどうなるものでもない」

笑いを含んだローランドの声が響く。

「…………」

楽しげな彼の声に反発を覚え、肩越しに振り返り睨みつけた僕に、ローランドはにっこりと微笑みを返したあと、視線をキースへと向けた。

「ようこそ。まさかここまで辿り着くとは思わなかった。僕は君を少々見くびりすぎていたようだ」

穏やかな微笑み、穏やかな口調であったが、その実ローランドの目は少しも笑っていない。

「『ようこそ』と言うわりには手荒い歓迎ぶりだな」

キースが捕らえられている状態とは思えない、いつもどおりの不遜《ふそん》な口調で返すのに、

「それは失敬した。この部屋はカンファタブルとは言いがたいかな？」

ローランドは声を上げて笑い、一歩キースへと踏み出した。

「寒いな。それに腕が疲れた」

「不法侵入者が贅沢《ぜいたく》を言ってはいけないよ。しかもこの場所を通報しようとしていたんだって？」

「残念ながら連絡をとる直前に拉致《らち》されたがね。なかなか腕自慢の部下を揃えているな」

「インターポールの敏腕刑事にお褒めに与《あずか》り光栄だ。皆も喜ぶだろう」

キースもローランドもにこやかに会話を続けてはいたが、室内はこれ以上ない緊張感に包まれていた。

「で、どうするつもりなんだ？」

キースがまるで、天候でも尋ねるかのような気安さでローランドに問いかける。ローランドはそんな彼に向かい、一段と華やかに微笑むとひとこと、

「殺すよ」

やはりなんでもないことのようにあっさりと答え、僕を震撼《しんかん》させた。

「ローランド……」

「僕はまだ警察に捕まるわけにはいかない。まだまだ父の残した宝は巷《ちまた》に溢れている。それらをすべてこの手に取り戻すまでは、生き延びなければならないものでね。彼のような優秀な刑事を野放しにしておくことはできないんだよ。今日もこうしてほら、絶対に知られないと思っていた僕の隠れ家を彼は突き止めてしまっただろう？」

思わず名を呟いてしまった僕へとローランドは視線を戻すと、僕の肩に両手を乗せ、まるで子供に言い聞かせるような口調でキースの命を絶つ理由を説明し始める。

「そいつをどうするつもりだ？」

呆然と彼の話を聞いていることしかできなかった僕の耳に、キースの声が響き、僕もそしてローランドも彼へと視線を向けた。

「安心してくれ。彼に危害を加えるようなことは一切しない。何せ大切な花嫁だからね」

ローランドがキースに見せつけるように、僕の肩を強引に抱こうとする。

「やめてください」

なぜかキースにはそんな姿を見られたくなくて、僕はローランドの手を振り払い一歩彼から離れた。

「嫌がってるじゃないか」

キースがそんな僕を見たあと、ローランドに向かって嘲《あざけ》るようにそう言うのに、

「恥じらっているだけだよ」

ローランドは少しも応《こた》えぬ様子でそう笑うと、改めて僕へと向き直った。

「行こう。リョーヤ」

「いやだ」

さあ、と伸ばしてくる手を払いのけようとする僕にかまわず、ローランドが強引に僕の腕を引く。

「離せっ」

「どうしたの。先ほどまではあんなに従順だったじゃないか」

暴れる僕をローランドが強引に抱き締めようとしたとき、また室内にキースの大声が響いた。

「よせっ」

「ああ、彼か」

ちら、とローランドがキースを見たあと、僕の顔を覗き込んでくる。

「彼を殺すと言ったからかい？　仕方がないんだよ。事情は説明しただろう？」

「事情だなんて、そんな勝手な……っ」

離してください、と尚も暴れようとする僕にローランドは、やれやれというような大きな溜め息をついた。

「わかった。君が望まないことはしないよ。彼を殺さなければいいんだろう？」

「……え？」

ローランドの言葉の意外さに驚き、思わず抵抗をやめてしまった僕の頬に、ローランドの指先が触れた。

「それが君の望みであるのなら、彼を殺すのはやめにする。そのかわりリョーヤ、僕の望みも叶えてもらえないだろうか」

「……なんですか？　望みって……」

煌く青い瞳がじっと僕を見下ろしてくる。

「言っただろう？　僕と一緒に来てほしい、と」

「……あ……」

それか、と息を呑んだ僕の背後で、キースもまた息を呑んだ気配がした。

「どうする？　リョーヤ。君の答えを聞かせてほしい」

ローランドが僕の頬を包み、ゆっくりと唇を寄せてくる。

「イエスか、ノーか」

「………」

どうしよう――頭に浮かぶのはただ、そのひとことだけだった。

もしも僕がノーといえば、ローランドはキースを殺すのだろう。僕も殺されてしまうかもしれない。

だがイエスといえば――？

ローランドの言う『一緒に来てほしい』という言葉の意味は、彼の求愛を受け入れるということと同義だろう。

彼と共に生きる――？　今までの人生をすべて捨て去り、ローランドと共に人生を歩んでいくということか？

それはできない、と首を横に振りかけた僕の頭に、『それほどのものか』という自身の声が響く。

捨て去るのに惜しいような人生をお前は歩んできたのか。疎ましい人間関係も、思うままにならない仕事も、人の妬《ねた》みや悪意も、それらはお前にとって本当に捨てるに惜しいものなのか？

何も惜しいものなどないじゃないか、と己の声に頷きかけた僕の耳に、キースの大声が響いた。

「ノーだ！」

「……っ」

彼の声に、僕ははっと我に返り、今にも自分の唇に触れようとしていたローランドの唇を避け俯《うつむ》いた。

「選択権は君にはないよ」

ローランドが忌々しげな声を上げ、じろりとキースを睨みつける。

「だいたい彼の答えがノーなら、君は即刻命を奪われることになる。それがわかっているのかな？」

「人の命を駆け引きの道具に使うなど、情けないとは思わんか」

キースが侮蔑《ぶべつ》を込めて吐き出した言葉に、ローランドの頬がぴく、と痙攣した。

「さすが『青髭』の息子だな」

キースがにやりと笑い、更にローランドを煽るような言葉を口にする。

「……君はそんなに死に急ぎたいのかな」

ローランドがゆっくりと身体を返し、キースへと向き直った。彼の目の中に本気の光を感じ取ったとき、僕は思わずその背に縋り付き、大きな声で叫んでいた。

「行きます！　どこへでも！　あなたの望む場所へ」

「リョーヤ！」

「リョーヤ」

キースの怒声とローランドの嬉しげな声が重なった。

「本当かい？」

「はい」

振り返り両手を広げたローランドの胸に、僕は目を閉じ飛び込んでいった。

「ノーだ、リョーヤ！　俺のことなど気にすることはない！」

キースの叫ぶ声が響いていたが、僕は彼を見ることなく、僕を抱き締めるローランドの顔を見上げ、微笑む彼に向かってこう言い切った。

「連れていってください。あなたの『楽園』に。僕には捨てるに惜しい人生など何もない」

「……リョーヤ……」

ローランドが嬉しげに目を細めて微笑むと、そっと唇を落としてくる。

「リョーヤ！」

キースの怒声を聞きながら僕は目を閉じ、自ら唇を開いてローランドのキスを受け入れた。

「……ん……っ……」

触れるだけのキスがやがて、貪るような激しいキスに変じてゆく。キースの射るような視線の中で僕は、きつく舌を絡めてくるローランドに同じく舌を絡めて応え、彼の背を力強く抱き締め続けた。

長いキスのあと、ローランドはふらつく僕の背を支えるようにして地下牢を出て、もといた部屋へと戻ってきた。

牢を出る僕らの姿を、キースは何も言わずにじっと見つめていたが、僕は敢えて彼を振り返らず、ローランドの胸に甘えた仕草でもたれかかっていた。

部屋に戻るとローランドは僕をあの天蓋つきのベッドの上に座らせ、自分も隣に座って顔を覗き込んできた。

「本当に僕と一緒に来てくれるのかい？」

「はい。決心がつきました」

頷いた僕に、ローランドは嬉しげに微笑み、ぐっと肩を抱いた。

「理由を聞いてもいいかな？」

近く顔を寄せ、ローランドが囁くような声で尋ねてくる。

「……『楽園』に行きたいと思ったから……」

「……どうして？」

「……しがらみを全部捨てたくて……今の生活も、刑事としての自分も、上司も仕事も何もかも……捨てて惜しいと思えるものは何もないから……」

「リョーヤ」

「……何もかもを捨てて、あなたの『楽園』に行きたいのです」

小さな声で答えた僕の目の前で、ローランドの美しい顔に嬉しげな笑みが浮かんだ。

「僕の話を信じてくれたんだね？」

「……はい……」

「ありがとう」

ローランドの青い瞳の煌きが増す。それが、彼が涙ぐんだせいだとわかった僕の胸は、どき、と大きく脈打った。

「僕の話を……父の無実を君に信じてもらえたことが嬉しい」

言いながらローランドが僕の肩を抱く手に力を込め、そっと唇を寄せてくる。

「きっと幸せにする。この世の誰よりも君を幸せにすると約束するよ」

「……ありがとうございます……」

そのままゆっくりとローランドが体重をかけ、僕をベッドへと押し倒そうとする。

「……あの……」

彼の胸を押し上げ、おずおずと声をかけると、ローランドは「どうしたの」と優しげな声で僕に尋ねた。

「……あの、シャワーを浴びたいんですが……」

「シャワーなどあとでいいよ」

ローランドが僕の希望をあっさりと退けようとするのを、なんとか踏みとどまらせねばと僕は言葉を続けた。

「なんだかヘリの……重油の匂いが気になって……」

「そう？」

ローランドはようやく僕の言葉に耳を傾ける気になってくれたようで、身体を起こすと、くんくん、と自分の肩の辺りを嗅《か》いだ。

「言われてみれば少し匂うかな」

「……とても気になってしまって……」

僕も身体を起こし、おずおずとそうローランドを見上げると、

「わかった」

ローランドはにっこりと微笑み、ベッドから立ち上がった。

「先にシャワーを浴びてくる」

「……すみません」

頭を下げた僕をローランドが抱き締める。

「謝ることではないよ」

「……すみません」

それでも尚謝った僕の頬に唇を押し当てるようなキスをしたあと、ローランドはバスルームと思しきドアの中へと消えていった。

「…………」

シャワーの迸る音が聞こえ始めたのに、よし、と僕は一人拳《こぶし》を握り立ち上がった。足音を忍ばせ、廊下へ出るドアへと近づいてゆくと、そっとそれを開いた。

「いかがなさいました？」

案の定、外にはアーサーが見張りよろしく立っていた。

「ローランドがちょっと来てほしいと……」

「ローランド様が？」

僕の言葉に、アーサーは一瞬不審そうに眉を顰めたが、僕がどうぞ、というようにドアを開くと部屋の中へと入ってきた。

「ローランド様？」

声をかける彼の背後に回り、手元に用意していた置き物の台座を後頭部めがけて振り下ろした。

「……っ……」

声もなくアーサーが床に崩れ落ちる前に、その身体を支えて物音を立てないようにする。手加減をしたので命に別状はないと思うが、一応呼吸していることを確かめたあと、僕は彼のポケットを探り、地下牢の鍵を取り出した。

一か八かの賭けだったが、彼が持っていてくれて助かったと安堵の息を吐いたあと、僕はまた足音を忍ばせ、そっと部屋を抜け出した。

ローランドの前で従順にしてみせたのは、なんとかこうして隙をつきたいと思ったからだった。エレベーターに乗り込み、地下牢へと向かうべく一番下のボタンを押す。

見張りらしき人間がいないのは運がよかったと思いつつ、到着したエレベーターから駆け出すと、真っ直ぐに地下牢を目指した。

「……おい……っ」

僕の姿を認めたキースが驚きの声を上げる。

「静かに」

慌てているので鍵がうまく外れない。なんとか錠前を外し、キースの傍らに駆け寄ると、半ば呆然としている彼の腕を捕らえた手枷の外し方を調べようと背伸びをした。

「よかった、鍵ではないらしい」

ほっと息を吐き、革製のベルトを外し始めた僕に、ようやく我に返ったのかキースが声をかけてくる。

「どうやってここへ？」

「隙をついてなんとか。だがすぐバレると思う」

気絶したアーサーをベッドの下に一応隠してはきたが、見つかるのは時間の問題だった。

「すまない」

不意にキースが酷く真摯《しんし》な声で謝ってきたのに、ようやく右手の手枷を外し終えた僕は驚き彼の顔を見上げた。

「なに？」

「……キス、させてしまって」

「……あ……」

彼の言う『キス』が、先ほどこの場所でローランドに唇を奪われたことだと察した途端、僕の頭にカッと血が上っていった。

「奴を騙《だま》そうとしたんだろう？　悪かったな」

「別に……たいしたことじゃないですから」

口ではそう言いながらも、手枷を外そうとする指先はぶるぶると震えてしまっていた。

「悪かった」

キースが再び謝罪の言葉を繰り返す。彼の真っ直ぐな視線を感じ僕の指先が益々震え始めてしまったそのとき、バタバタと人が駆けてくる音が響き、僕とキースははっとして二人顔を見合わせた。

「あ！　いたぞ！」

わらわらと人が牢へと駆け込んでくる。中には僕が気絶させたアーサーもいて、凶悪な顔で僕を睨みつけていた。

「…………」

どうするか――キースの手枷は右しか外れていない。その上こちらは二人だが、相手の人数は軽く十名を超えていた。

逃げ出すことが果たしてできるだろうか。じりじりと僕とキースのほうに近づいてくる男たちを見渡していた僕の視界に、ゆったりとした動作で牢へと入ってこようとしているローランドの姿が飛び込んできた。

「……下がれ」

ローランドが命じた声に、僕たちを取り囲もうとしていた男たちが一斉に後ろに下がってゆく。

「……リョーヤ」

ローランドがゆっくりと僕へと歩み寄ってくる。騙したことを怒っているに違いないと思っていたのに、ローランドの顔からも声からも、怒りの色は感じられなかった。

「下がっていろ」

キースが自由になった右手で僕の肩を摑み、己のほうへと引き寄せようとする。手足の自由を奪われているにもかかわらず、僕を守ろうとしてくれる彼こそ、僕が守らなければと、僕は首を横に振ると逆にキースの前に立ちはだかった。

「リョーヤ」

ローランドが僕のすぐ前に立ち、じっと顔を見下ろしてくる。美しい湖面を思わせる青い瞳の中には、怒りの焰《ほむら》ではなく、深い悲しみの影が宿っているように見え、僕の罪悪感を煽っていった。

「君は僕を騙したのか?」

ローランドが静かな声で僕にそう問いかけてくる。

「…………」

答えはイエス、だったが、なぜか僕は首を縦に振ることができずにいた。

「『楽園』に行きたい、というのも嘘だった? 今の人生に捨てて惜しいものなど何もない、共に楽園で暮らしたいと言ってくれた、あの言葉も嘘なのか?」

ローランドの手が僕の肩を摑み、悲しみを湛えた瞳が更に近づいてくる。

「……君は僕の話を信じてくれたのではないのか……」

押し殺したような声でそう言い、嚙み締めた唇の間から溜め息としか思えぬ息を吐いたローランドの顔があまりに悲しげだったからだろうか。僕は彼の前でゆっくりと首を横に振っていた。

「リョーヤ」

背後でキースの驚いた声が響く。

「……一瞬、思いました。あなたが言うような『楽園』があるのなら、行ってみたいと……」

「リョーヤ」

ローランドの瞳から悲しみの影が消え、代わりに夜空に煌く幾多の星のごとき輝きが満ち溢れてゆく。天井の灯りが映って輝いている涙に潤んだその瞳を見上げながら僕は言葉を続けた。

「今の生活のすべてを捨ててもいいと思った。今、僕の周囲には捨てるには惜しいと思えるような人も物も何もない。そう思っていた。でも……」

「でも？」

ローランドの瞳の煌きに再び影が差す。

「……今、すべてを捨てたら僕はきっと、一生後悔すると思う……」

そう言い、俯いた僕の脳裏には、以前キースに言われた言葉が響いていた。

『誰でも皆、与えられたポジションで全力を尽くすしかないんだ』

『なんでも人のせいにするな、ということだ』

「リョーヤ……」

ローランドに名を呼ばれ、僕はゆっくりと顔を上げると、再び口を開いた。

「……まだ僕は自分の人生を少しも精一杯生きてない。刑事としての職務に命をかけて臨んだこともない。何も始める前からすべてを放棄し、逃げ出すことなどできない。いくら幸福と安寧が約束されていようとも、僕は僕の人生を自分の足で歩みたい」

「リョーヤ」

ローランドがもういい、というように僕の名を呼ぶ。

「……あなたの『楽園』には行かれない……」

ゆっくりと首を横に振った僕の顔をローランドは暫くの間無言で見下ろしていたが、やがて、ふっと微笑み、僕の頬へと右手を添えた。

「君は僕の話を信じてくれた……それだけで今は満足することとしよう」

「……え……」

ローランドの手が僕の頬から引いてゆく。

「君の優秀なお仲間は、既にこの場所を警察に連絡していたよ。パトカーやら機動隊やらがここを十重二十重に取り囲んでいる」

「なんですって？」

どういうことだ、と僕はローランドを、続いてキースを振り返った。

「わざと捕まったんだろう？　リョーヤがそんなに心配だったか」

ローランドが笑顔のまま問いかけたのに、キースが、にやりと不遜な顔で微笑み返す。

「入り口を探す手間を省いたのさ。捕らえてもらえれば中に入れるからな」

「捕らえられるより前に殺されるとは考えなかったのか。おめでたい男だ」

ローランドが呆れてみせたのに、キースの顔から笑いが消えた。

「『blue rose』は人殺しはしない。彼はむやみやたらに宝飾品を盗んでいるわけでもない。ただ一つの目的を遂行しているだけだ――俺が調べ上げた彼のポリシーを信じたのさ」

「………」

キースがじっとローランドを見据え、ローランドもじっとキースを見つめ返す。ときが止まったのではないかと思えるほどの静寂を破ったのはローランドだった。

「負けたよ。完敗だ。すがすがしいほどだ」

あはは、と声を上げて笑った彼が、キースに向かって右手を上げる。

「だが次は負けはしない。再会を楽しみにしているよ」

「ああ、次があればな」

キースも解き放たれた右手を目の辺りまで上げ、人差し指と中指を立て、軽く振ってローランドに応えた。

「リョーヤ」

あまりに絵になるその姿に思わず見惚《みと》れていた僕が、不意に肩を摑まれ驚いて振り返った
そのとき、

「んっ……」

振り返りざまにいきなりローランドに唇を唇で塞がれてしまった。

「おいっ」

背中でキースの怒声が響いたときには既に、唇は離れていた。

「美しい僕の花嫁。またいつか君を迎えに来よう」

「な……」

青い瞳を微笑みに細めたローランドは、呆然としていた僕の肩をぽん、と叩くと、

「行くぞ」

部下たちを従え地下牢を出てゆく。

「待て！」

キースが大声を上げたが、まだ彼には手枷足枷が嵌まったままで、僕は慌てて駆け寄ると、
それらを外しにかかった。

「まったく、なんで大人しくキスされるんだ」

必死でベルトを外そうとしている僕の耳元に、不機嫌なキースの声が響く。

「はい？」

「隙がありすぎる、と言ってるんだ」

なんのことだ、と彼を見やると、キースはぶすっとしたままそう言い捨て、ふいと横を向いてしまった。

「あの？」

何を怒っているのだろうと首を傾げているところに、大勢の足音が響いてくる。

「なんでしょう」

緊張に身を強張《こわば》らせたのは一瞬で、大人数の警官が駆け込んできたのに、僕はほっと安堵の息を漏らした。

「大丈夫か！」

警官たちの間を縫って赤沼が僕らへと駆け寄ってくる。その頃には僕は、キースを捕らえていた手枷も足枷もすべて外し終わっていた。

「大丈夫だ」

手首を擦《さす》りながらキースが逆に赤沼に問いかける。

「ローランドはどうした？　捕らえたか？」

「どうしたって、奴らは外に出ていないが」

「なんだと!?」

「ええ？」

外に出ていない――？　どういうことだ、と僕とキースが顔を見合わせたそのとき、

「大変です！　こんなところに隠し通路が！」

廊下の向こうで警官たちが叫ぶ大きな声がした。

「……逃げられたか」

キースが忌々しげに舌打ちしたのに、赤沼が「なんですと？」と大声を上げる。

「すぐ半径三十キロ四方に非常線を張ったほうがいい。奴らを逃がしたくなければな」

「逃げた⁉　ここから？？」

赤沼は一瞬呆然となったが、すぐ、「こうしちゃいられない」と慌てて地下牢を飛び出していった。

「やられたよ。まさか逃走経路まで確保しているとは思わなかった」

キースが僕に肩を竦めてみせる。

「……そうですね」

やられた、と言いながらも彼の顔がやけに嬉しげに見えたのは僕の錯覚だったのだろうか
――かくいう僕も、キースに頷き返した顔は笑いに緩んでしまっていた。

「行くか。我々も」

キースがごく自然に僕の肩に手を回し、ぐっと彼のほうへと引き寄せる。

「……はい……」

彼の腕の力強さにカッと頭に血が上ってゆくのを感じたが、彼の手を振り払おうとは思わなかった。

僕が捕らえられていた場所は――ローランドの隠れ家は、僕が想像したとおり地下に造られていた。地上に出てみると外は警官と機動隊員が溢れていて、パトカーのサイレンが鳴り響く中を僕は相変わらずキースに肩を抱かれたまま歩いていった。

「まだ助けてもらった礼を言ってなかったな」

キースがぼそり、と耳元に囁いてくる。

「……僕もです」

キースは、先に捕えられていた僕の身を案じて、わざと囚われの身になったとローランドが言っていた。どう考えても礼を言うのは僕じゃないかと顔を上げたとき、じっと僕を見下ろしていたキースとかちりと音がするほど目が合った。

「…………」

グリーンがかったグレイの瞳に見据えられ、謝ろうとしたはずの僕の言葉は喉の奥に呑み込まれてしまう。

「お前が無事でよかった」

キースがふっと表情を和らげ、僕に微笑んできたとき、なぜだか僕の胸に熱いものが込み上げてきた。

「……はい……」

頷いた途端、涙が零れ落ちそうになってしまい、いけない、ときゅっと唇を噛む。キースはそんな僕の顔を暫くの間見つめていたが、やがて、またふっと微笑むと、

「現場の指揮は赤沼課長にでも任せよう」

我々は一足先に帰ろうと、僕の肩を強い力で抱き直した。


キースの運転する覆面パトカーで、僕たちは滞在しているお台場のNホテルの部屋へと戻ってきた。

部屋は広めのツインだったが、基本的にはベッドしかない。そんな中、キースと二人きりになったことで、昨夜まで同じこの部屋で彼と寝起きしていたにもかかわらず、僕の頬には血が上り、鼓動が速まり始めていた。

「何か飲むか？」

キースがドサ、と彼のベッドへと座り込み、僕を見上げて尋ねてくる。

「いえ……」

首を横に振ったあと、もしや彼が飲みたいのかなと僕は、

「あの、ビールか何か、持ってきましょうか」

キースの前に歩み寄り、彼にそう尋ねてみた。と、彼の手が伸びてきて、僕の腕を摑む。

「……あの……？」

熱い掌の感触に、身体が震えそうになるのを堪《こら》え、僕は動揺しつつもキースにどうしたのだと問いかけたのだが、キースは何を答えるより前にいきなり腕を引いてきて、バランスを失った僕は彼の上へと倒れ込んでしまった。

「なにを……っ」

するんだ、と叫ぼうとしたその口を、キースの唇が塞ぐ。

「……っ」

これは——キス？

熱い唇が僕の唇を塞いでくるのに僕は最初呆然としていたのだが、驚きのあまり軽く開いてしまっていた唇の間からキースが舌を差し入れてきたのにはぎょっとし、顔を背けた。

「……リョーヤ」

キースは案外簡単に唇を離してくれたが、僕の背に回された彼の手が緩む気配はない。

「どうして……っ」

抗議しなければと思う僕の声は、酷く震えてしまっていた。頰は焼けるほどに熱く、指先はぶるぶると震えている。自分がまるでこの状況を嫌がっていないということに軽いショックを覚えていたが、頭のどこかで僕はその理由をしっかりと把握していた。

だがキースが何を思って僕の唇を奪ったのかはわからず、僕は彼の顔を見上げ、もう一度同じ問いを繰り返した。

「どうして……」

こんなことをするのか、と問いかけようとした僕へとキースが再びゆっくりと顔を寄せてくる。

「好きだ」

「……え……」

囁かれた言葉は、僕が最も望んでいたものであるにもかかわらず、それだけに逆に自分が聞いた言葉を信じることができずに僕は、呆然と彼の顔を見返していた。

こんなに自分にとって都合のいい展開となるはずがない——強く望むあまりに幻聴を聞いたのではないかと縋るような目を向けた僕に、キースは決して聞き違いでも幻聴でもないことを証明するように、ゆっくりと同じ言葉を繰り返した。

「リョーヤ、俺はお前が好きなんだ」

「……うそ……」

信じられない、という思いが僕にそんな言葉を呟かせていた。本当は信じたいのだ。だがとても信じられない——矛盾しているかもしれないが、その矛盾にも気づかぬほどに僕の頭は突然のキースの告白に混乱し、わけがわからなくなっていた。

「何が『うそ』だ。俺が嘘を言うわけないだろう」

どうして嘘だと思うのだ、とキースが憮然《ぶぜん》とした顔になる。

「だって……てっきり僕はあなたに軽蔑されてるとばかり……」

軽いパニックに襲われてしまっていたせいで、何も取り繕うことができない。それでつい本音を漏らした僕に、キースが「ああ」とバツの悪そうな顔をした。

「確かに色々とキツいことは言ったが、言う価値のない奴には言わないよ」

「……価値……」

彼の言う意味がわからないと首を傾げた僕の顔を覗き込み「いいか？」とキースが説明を始めた。

「お前はさっき、自分の人生を少しも精一杯生きてないというようなことを言っていたが、そんなことはない。お前は精一杯生きているし、刑事としての職務にも誰より真剣に取り組んでいると思う。そんなお前だからこそ要求水準も高くなってしまってついついキツいことを言ったが、お前を軽蔑したことなど一度もない」

「……僕はそんな……」

彼の言うような立派な人間じゃない、と首を横に振りかけた僕の頬に、キースが手を添え、彼のほうを向かされる。

「初めて会ったときから強烈に惹《ひ》かれていた。勝気なのかと思うと驚くほどにピュアで脆《もろ》い。それでいて何事にもひたむきで一生懸命だ。日に日にお前の魅力に引きずられていく自分をセーブするのが大変だった」

「そんな……」

それこそ信じられないと目を見開いた僕の前で、キースが苦笑するように笑う。

「……催淫剤に乗じて抱いてしまっては、セーブできたとは言えないが」

「あ……」

あの夜の情景が頭に浮かんでしまい、カッと頭に血が上った僕は、

「だって……」

とまたもぽろりと本音を漏らしていた。

「だってあのあと、あなたはまるで何事もなかったみたいに振る舞ってたじゃないか」

「お前が気にしたら気の毒だと思ったんだ。許されるなら抱き締めてキスしたかったよ」

「そんな……」

やっぱり信じられない、と首を横に振ろうとしたのをまた、頬に置かれた彼の指が遮った。

「教えてくれ」

「……え……？」

キースが僕に、低く囁いてくる。吐息が頬を擽《くすぐ》るほどに近く顔を寄せられ、僕の胸の鼓動

はこれ以上ないほどに速まっていた。

「お前の気持ちを」

「……僕の……気持ち……」

真摯な光を湛えたグレイの瞳がじっと僕を見つめている。

「こうしているのは、嫌か？」

グリーンがかったグレイの瞳に心配そうな影が差す。いやではなかった。先ほどから僕の身体は、おかしな薬を飲まされたわけでもないのにずっと火照りっぱなしで、鼓動は早鐘のように打ち続けていた。

「……いやじゃない……」

首を横に振ると、目の前のキースの瞳が微笑みに細められる。

「……よかったよ」

安堵の息を吐いた彼の顔を見た途端、僕の鼓動は更に速まり、頭には益々血が上っていった。

「リョーヤ」

キースが尚もさぞ紅潮しているであろう僕の顔を見下ろしてくる。

彼は待っているのだ。僕が『僕の気持ち』を告げるのを——わかってはいたが、どう表現したらいいのかわからず、なかなか言葉が出てこない。

それでも僕は、じっと僕の言葉を待っているキースになんとか胸の内を伝えようと、考え考えぽつぽつと言葉を綴《つづ》っていった。

「……第一印象では、なんて意地の悪い人だろうと思った……」

「……悪かったな」

キースが苦笑するのに、しまった、正直すぎたかと、またも僕の頭に血が上ってゆく。

「いいから続けて」

キースが僕の頬を軽く撫ぜ先を促すのに、びく、と微かに身体を震わせてしまいながらも、僕はまた気を取り直し、口を開いた。

「でもあなたに指摘されることはいちいちもっともで……それにあなたの働きぶりは同じ刑事として、尊敬せずにはいられなくて……」

「刑事としての尊敬だけか？」

キースがぼそ、と不満そうな声を上げる。

「ううん」

それだけならこんなに色々と思い悩みはしなかったのだ、と僕は即座に首を横に振った。

「あなたが時折見せる優しさとか、冷たいようでいて実は思いやり溢れるところとか、気づくとどんどんあなたに惹かれていってしまったのだけれど、あなたは僕を馬鹿にしていると思っていたから、素直に自分の想いを認めることができなかった」

「だから馬鹿になどしていないって」

キースが慌ててフォローを入れてきたのを、

「うん」

今、わかったと僕は頷き、言葉を続けた。

「……薬のせいで苦しんでる僕を抱いてくれたあと、何事もなかったように振る舞われたのがどうしてあんなにショックだったのか。あなたにとってあの行為はなんでもないことだったのかと思うと、なぜあんなにも傷つく思いがしたのか……ずっとその答えがわからなかったけれど、今ならわかる」

「リョーヤ」

キースは僕の『答え』を予測したのだろう。僕を抱く腕に力を込め、唇をそっと寄せてきた。

「……好きだから……」

答えた途端、キースの唇が僕の唇を塞ぎ、僕の身体を更に力強く抱き締めてきた。

「ん……っ」

僕も彼の肩に両手を回し、力いっぱい抱き締め返す。

そう——いつの間にか僕はキースを好きになっていたのだった。

ローランドの『楽園に行こう』という誘いに、嫌みな上司や意地の悪い同僚に囲まれ、決して満ち足りているとはいえない日常を送っていた僕は思わず頷きそうになったのだけれど、そんな僕を踏みとどまらせたのはキースの存在だった。

愛と幸せに溢れた『楽園』にキースはいない。彼の住む世界はそれこそ困難や苦痛が日常茶飯事に起こるのかもしれないが、キースはその中で一歩一歩自分の足で人生を踏みしめ、降りかかる困難や苦痛を跳ねのけ自らの手で幸せを摑んでいく、そんな男だ。

僕は『楽園』での安寧な生活より、キースと共に自らの手で人生を切り開いていく道を選んだのだった。

「あっ……」

キースの手が僕のスーツの襟を割り、手早い動作でシャツのボタンを外してゆく。

「……待って……」

きつく舌を絡めてくるキスをなんとか逃れ、僕はそんなキースの腕を摑んだ。

「何を待てと?」

キースが不満そうに眉を顰め、僕に問いかけてくる。

「灯りを消して……」

こんな明るい中で裸体を晒すのは恥ずかしいのだ、と告げた僕にキースは、

「灯り?」

ぐるりと周囲を見回したあと、僕の手を振り払った。

「ちょっと」

「かまわない。このままやろう」

笑いながら強引に僕をベッドへと押し倒してきた彼を、冗談じゃないと睨み上げる。

「そりゃあなたはかまわないかもしれないけれど……」

僕がかまうんだ、と言おうとした僕の唇にキースの指が、黙れというように当てられる。

「お前の顔を見ながら抱きたい……駄目か？」

「…………」

面と向かって尋ねられ、うっと言葉に詰まった時点で、明るい中での行為の許可を与えてしまったようなものだった。

「恥じることなど何もないのに」

キースが目を細めて微笑み、僕の身体からタイを、シャツを、すべての衣服を剝ぎ取ってゆく。

「……やだ……」

下着を下ろされたとき、既に自分の雄が形を成していたのが恥ずかしくて、僕は両手で顔を覆った。

「何がいやなんだ？」

くすりと笑ったキースが、身体を起こし、手早く服を脱ぎ捨ててゆく気配がする。

「リョーヤ」

名を呼ばれ、おずおずと顔から掌を外した僕は、キースが既にすべての服を脱ぎさり、全裸になって僕を見下ろしていた姿に衝撃を覚え、ごくり、と唾を飲み込んでしまった。

「……これか？」

キースが意地悪く笑い、既に勃ちきっていた彼の雄を僕へと示してみせる。

「……や……」

「俺は『いや』とは思わないがな」

くすくす笑いながらキースが僕に覆いかぶさり、首筋に唇を這《は》わせてくる。やっぱり彼は随分意地悪な性格なんじゃないかと、僕が口を尖《とが》らせたのは一瞬で、彼の唇が首筋から胸へと滑り、胸の突起を強く吸い上げてきた刺激に、びくっと身体を震わせてしまっていた。

「あっ……あぁっ……あっ……」

もう片方の胸の突起を指先でこねくり回しながら、キースが僕の胸を舐《ねぶ》り続ける。今日は薬など与えられてないというのに、僕の身体はキースの手や口での愛撫に一気に高まり、全身から汗が吹き出すほどの熱に覆われていった。

「あっ……んんっ……んふっ……」

丹念なキースの愛撫が続くうちに、僕の雄も勃ちきり、先走りの液を零し始めた。時折腹を擦るキースの雄からもその液は滴り、僕の肌を濡らしている。

自然と身体が浮き、自身の下肢を彼のそれに擦り付けようとしていたことに、僕は顔を上げたキースに、にやり、と笑われ初めて気づいた。

「やっ……」

はしたない自分の振る舞いを恥じ、堪らず身体を捩った僕の肩を、身体を起こしたキースがシーツに押さえつける。

「やだ……」

無理やり上を向かされ、またも顔を両手で覆おうとした僕の両手首を、キースは今度は摑んで僕の顔から外させた。

「……う……」

恨みがましく彼を見上げた僕に、キースがゆっくりと覆いかぶさってくる。

「俺が感じさせているんだ。何を恥ずかしがることがある？」

言いながら彼が、僕の両手首を摑んだまま、首筋から胸へと唇を落としてくる。

「や……っ……」

そのまま彼の唇は腹を滑り、勃ちきった僕へと辿り着く。

「あぁっ……」

彼の熱い口内にすっぽりとそれを含まれたとき、甘い痺《しび》れが背筋を一気に這い上り、堪らず僕は高く喘いでしまっていた。

「あっ……あぁっ……あっ……」

いつの間にか僕の手を離していた彼の手が、僕の竿《さお》を扱き上げていた。鈴口を舌先で割られる刺激に、甘い痺れは強烈な快感に姿を変え、僕を一気に絶頂へと押し上げていった。

「はぁっ……あっ……あっあっあっ」

今にも達してしまいそうに昂まってはいたが、さすがに口の中に出すのは悪いのではないかと思う理性はまだ手放していなかった。必死に腰を引いて射精を堪えていた僕の我慢など知らぬとばかりに、キースが舌で、指で、僕の雄を攻め立てる。

「もうっ……あっ……もうっ……」

駄目だ、と僕は彼の髪を掴み、口淫をやめさせようとしたのだが、キースはちらと僕を見上げただけで、やめるどころか一段と激しく竿を扱き上げてきた。

与えられる直接的な刺激に僕の雄はびくびくと震え、キースの指と、絡みつく舌で益々硬度と熱を増してゆく。

「あぁっ……」

丹念すぎるほど丹念な口淫にとうとう我慢できずに僕は達し、彼の口の中にこれでもかというほど白濁した液を飛ばしてしまった。

「……んっ……」

ごく、とキースの喉が鳴る音が下肢から響いてくる。まさか飲んだのかと目を見開いた僕

と、未だに僕を口の中に収めているキースの目がばちりと合った。

「やっ……」

にっと笑いながら口からそれを取り出し、まるで清めるかのように舐り始めたその仕草に、羞恥に見舞われているはずの僕の身体がまた熱く火照り始める。

「……んっ……んんっ……」

いつまでも僕を舐り続けている彼を見ているうちにどんどんと昂まってきてしまう自分に戸惑いぎゅっと目を閉じたとき、キースの手がするっと僕の太腿から後ろへと滑り、そこを──かつて彼の雄で満たされ、僕を絶頂に次ぐ絶頂へと導いたその入り口をなぞり始めた。

キースの指先の、ぬるりとした感触は先ほど放った僕の精液によるものかと思うと、羞恥と興奮がないまぜになり、背筋をぞくぞくとした何かが這い上ってゆく。

「………っ」

つぷ、と濡れた指先がそこへと挿入されたのに僕の身体は一瞬強張ったが、キースが前を口に含みながら、ゆっくりと後ろに入れた指を動かしてゆくうち、次第に力は抜けていった。

「ぁっ……」

じんわりとした快感が、弄られている後ろから全身へと広がってゆく。ゆっくりと、まるで傷つけまいとするかのように、じっくり時間をかけてキースが僕の後ろを解《ほぐ》してゆく。彼の繊細な指先が中を抉り、柔らかな動きでそこをかき回してゆくうちに、僕の息はまた上がり、鼓動が速まり始めた。

「あっ……はぁっ……あっ……」

キースの指を追いかけるように、ひくひくと内壁が蠢いている。いつの間にか二本に増えていた指の動きがだんだんと速まり、激しくなっていくのに合わせ、僕の腰が揺れ始めた。

「あっ……あぁっ……あっ……あっ」

自分の腰がまるでキースの指の動きを誘うかのように、ゆらゆらと前後に揺れている。恥ずかしいと思いはしたが、止めることはできなかった。

早く欲しい――熱くわななく後ろの感触がキースの雄の見事な質感を思い起こさせ、もどかしさが僕の身体を染めてゆく。

だがとてもその望みを口に出すところまでは羞恥の念を手放せなかった僕は、ただただそのもどかしさに耐えていたのだが、揺れる腰の動きでキースはそれを見抜いたらしい。すっと後ろから彼の指が抜かれ、その手が僕の両脚を抱え上げた。

「やっ……」

煌々《こうこう》とつく灯りの下、露《あら》わにされた後孔が一刻も早い突き上げを求めてひくひくと蠢いている。物欲しげなそのさまにたえられず、ぎゅっと目を閉じてしまったとき、ずぶりと待ち望んでいたものがそこへと挿入されてきた。

「あぁっ……」

思わず開けてしまった目の前で、キースの太いそれがずぶずぶと僕の中へと挿ってゆくのが見えた。あの日のままの、自身を満たしてくれるその物凄い質感に、僕の口からは、満足感を表す大きな溜め息が漏れていた。

ぴた、と互いの下肢が合わさった次の瞬間、キースの力強い突き上げが始まった。互いの下肢がぶつかり合う、パンパンという高い音が響き渡る。

抜き差しされるたびに内壁を擦り上げられるその摩擦の熱に、内臓に達するほどの奥底を抉られるその律動に、僕は一気に快楽の絶頂へと引き上げられ、高く喘ぎ続けていた。

「あぁっ……いい……っ……いく……っ……いくっ……」

甘ったれた嬌声が室内に響き渡っている。とても自分が発しているとは思えないその声が益々僕の興奮を煽り、両手両脚で僕はキースの背にしがみつき、更なる突き上げをねだった。

「あっ……あぁっ……あっあっあっ」

キースの手が二人の腹の間で勃ちきっていた僕の雄を握り締める。腰の動きはそのままにキースが一気にそれを扱き上げたのに、僕は二度目の絶頂を迎え、大きく背を仰け反らせた。

「あぁっ」

「……くっ……」

僕の上でキースが少し伸び上がるような姿勢になる。同時にずし、と後ろに精液の重さを感じ、僕は彼も達したことを知った。

「…………」

はあはあと息を乱す僕の顔を、同じく息を乱したキースが見下ろしてくる。

「……好きだ……」

ゆっくりと身体を落としてきながら囁かれた言葉に、僕も、と答えたかったが、とても言葉を発せられるような状態ではなかった。それでも胸に溢れる想いを伝えたくて、僕は彼をぎゅっと両手両脚で抱き締める。

途端に、にやりとキースが笑い、僕に囁きかけてきた。

「……なんだ、まだし足りないのか？」

「ちが……っ」

足りないどころか、と慌てて首を横に振った僕に、「ジョークだ」とキースが唇を落としてくる。

「……ん……」

まったく、と苦情を言おうとした僕の唇を、キースが断続的なキスで塞いでゆく。ついばむようなそのキスは、僕の呼吸を妨げないためだろう。一見意地が悪そうでいて、その実常に優しさや気遣いを忘れない彼への愛しさが、今、僕の胸にはこれでもかというほどに溢れていた。

結局ローランドの日本での隠れ家は見つけたものの、非常線を張ったにもかかわらず彼らを――『blue rose』を逮捕することはできなかった。

「まあ『幸福な花嫁の涙』は盗まれずにすんだからな」

丸山刑事部長は不満そうではあったが、それで日本の警察の威信は保たれたと思い込むことにしたらしい。

バロア子爵は彼が手配した警備会社の人間と共に帰国の途についた。僕と赤沼、それにキースがホテルから引き上げてきたのを丸山は部屋に呼びつけ、ひとしきり説教をぶったあと、話をそう締めくくった。

「ご協力を感謝します」

キースは一瞬何か言いかけたが――多分皮肉めいたことを言おうとしたのだろう――言っても無駄だと思ったらしく、丸山に向かって丁寧な礼を言い、頭を下げた。

「いやいや、『blue rose』の盗難を防げただけでも、協力した甲斐《かい》があったというものですよ」

丸山は偉そうな口調でそう言い、大きな声で笑っている。盗難を防いだのは日本の警察ではなくキースの機転によるものだとわかっていないのだろうか、と僕が眉を顰めたのを敏感

に察したキースが、いいさというように片目を瞑《つむ》ってみせたそのとき、

「大変です！」

いきなり部長室に捜査三課の若手、山下が飛び込んできたのに、室内にいた皆の視線が一気に彼へと集まった。

「なんだね、騒々しい」

丸山が不機嫌な声を出す。だがさすがの彼も、山下の報告には仰天し、彼以上の大声を上げていた。

「今、お台場のNホテルにバロア卿が到着したそうなんです！」

「なんだって⁉」

「バロア卿って君、さっきホテルを出ていったばかりじゃないか」

丸山に続いて赤沼も大声を上げたのに、山下はおろおろしながらも事情を説明し始めた。

「どうも彼が本物のバロア卿の長男のようです。入院していたバロア卿本人とも確認がとれました。なんでも今まで香港《ホンコン》で足止めされていたそうで、今『幸福な花嫁の涙』はどこだと大騒ぎになってます」

「なんだと？　ではあの、二度目に現れたバロア卿の長男も偽者だったというのか？」

唖然《あぜん》として問いかけた赤沼に、山下が「はあ……」と力なく頷いている。

「なんてことだ！　早急に偽バロア卿を捜せ！　国内からは一歩も出すな！」

丸山が怒声を上げるのに、赤沼が顔色を変え、「はいっ」と物凄い勢いで部屋を飛び出してゆく。

「月城！　愚図愚図せずお前も行け！」

「はい」

頷きはしたが、多分、行方を捜すことは困難だろうと僕は半ば諦めていた。

「私もこれで」

キースも慇懃《いんぎん》に頭を下げ、僕と一緒に部長室を出る。

「やられたな」

バタン、とドアを閉めたあと、キースが肩を竦め、僕の顔を覗き込んできた。

「まさか二回も偽者を送り込むとは……凄い度胸だ」

敵ながらあっぱれというところだろうかと答えた僕に、

「日本の警察の威信が保てなくて残念だったな」

キースがにやりと笑い、部長室を振り返った。と、そのとき、

「月城さーん！」

赤沼と一緒に部長室を飛び出していったはずの山下が、廊下を駆けてくる。彼の手には小さな荷物が抱えられていて、何事だと僕は彼を振り返った。

「どうした？」

「これ、さっき月城さんあてに宅配便で届いたんです。お母さんからみたいですよ」

「母親から？」

山下は僕に荷物を押し付けるようにして渡すと、「それじゃ！」とまた廊下を駆け戻っていった。

「……なんだ？」

差出人は確かに僕の母親の名になっていたが、勤務先に荷物を送ってきたことなど一度もない。一体何事だと僕は、「持っててやろう」というキースの厚意に甘え、彼の手の上で小包を開け始めたのだが、箱を開いた途端、驚きのあまり大声を上げてしまった。

「どうして⁉」

「…………」

キースも息を呑んで箱の中を見ている。なんとその小包の中にはあのサファイアが──『幸福な花嫁の涙』が、無造作にぽん、と入れられていたのである。

「手紙が入っている」

呆然と立ち尽くすしかなかった僕より前に、キースは我に返ったらしい。そう注意を促してきたのに、本当だと僕は箱の中から白い封筒を取り出した。

封を切ると中にはたった一枚、やはり白い便箋が入っていた。

そこに書かれた文字は三行──。

『私の花嫁に我が家に伝わる「幸福な花嫁の涙」を贈ります。

愛を込めて

ローランド・モリエール』

『代々モリエールの家では当主の婚礼の際に妻となる女性にあの宝石を贈る。何百年も守られていたその伝統はバロア家のものではない、僕の家のものなんだ』

ローランドが切々と訴えていた宝石の由来が僕の脳裏に甦る。

「そんな馬鹿な……」

『私の花嫁』というのは僕のことなのか？　だから彼はこのサファイアを――時価数十億とも数百億とも言われるこの宝石を、僕にぽん、とくれたというのか。

『美しい僕の花嫁。またいつか君を迎えにこよう』

頭に浮かんだローランドの幻の顔を、あり得ないと首を横に振り、消そうとしていた僕の耳に、キースが忌々しげに舌打ちする音が響いた。

「負けるものか」

「……え……」

思わず問い返してしまった僕の背に、キースの腕が回る。

「二度とお前に手を出せないよう、必ず俺が奴を捕まえてやる」

「…………」

不機嫌そうなその顔を、力強いその口調を、嬉しいと思ってしまうのは刑事としての緊張感に欠けるだろうかと思いつつ、周囲に誰もいないのをいいことに僕はキースの胸に身体を預け、幾分不機嫌さが緩んだ彼の顔に微笑みを返した。

微睡む花嫁

初めて彼を——涼也《りょうや》の姿を俺が認識したのは、日本へと向かうＡＩＲの中、本部から届いたメールに添付されていた写真でだった。

月城《つきしろ》涼也という刑事が今回、警視庁との窓口になる、出迎えにも彼が来るという連絡と共に、彼の写真と経歴書が添付されてきたのだ。

写真を開いた途端、綺麗《きれい》な子だなという印象を持った。経歴も申し分ない。いわゆる『エリートコース』を歩んできた美貌《びぼう》の警察官に、さほど興味を覚えなかったのはおそらく、これから対峙しなければならない『blue rose《ブルーローズ》』のことで頭がいっぱいだったためだろう。

だが実際、成田《なりた》空港に到着し涼也と出会った瞬間、そんな場合じゃないとわかっていながらにして俺は、彼に対する強烈な興味を胸の中に抑え込むことができなかった。

流暢《りゅうちょう》な英語を操る彼は、俺の予想通りどちらかというと仕事に関しては頭でっかちなタイプで、相当プライドも高そうだった。

実務が伴《ともな》っていないプライドの高さを、普段の俺なら軽蔑し、せせら笑うところなのだが、涼也に対してそういう気持ちにならなかったのは、その美貌ゆえ——というより、素直さが透《す》けてみえた彼の気立てのよさにあった。

頭脳明晰《めいせき》な上にあの美貌だ。上からの引き立てもあるだろうが、下からのやっかみも相当なものだろう。女の場合、美貌は称賛されるものでしかないが、男の美貌はともすれば揶揄《やゆ》の対象となる。

相当嫌な思いもしているのではと容易に予測がついたが、実際彼が同僚やら上司やらと仕事をしている様を目《ま》の当たりにして、その予測が当たっていたことを俺は知った。

優秀すぎるがゆえに、疎《うと》んじられる。辛い状況を一人で受け止めていることをわかりながらも俺は、彼に対して随分厳しい対応をし、それゆえに彼から必要以上に疎まれる、というおまけもついた。

優しくしてやることも勿論《もちろん》できた。が、それでは彼のためにならないと思ったのだ。現況を受け止めているだけではだめだ。辛いと感じるのなら自ら打開していかなければならない。

それを彼に伝えたかった。我慢からは何も生まれない。自分で環境を変えていくのだ。そうしないかぎり、状況は何も変化しない。

語学力だけでなく、思考力や行動力、素晴らしい資質を持っているのだから、それを埋没させておくことはない。

まずは自信を持つこと。そして自身の実力を周囲に知らしめること。その周囲とのかかわりを積極的に持ち、自分のポジションを確固たるものにすること。

涼也にならそれらのことはすぐにこなせるはずだ、という思いゆえ、彼に対してはかなりキツく、嫌みなくらいに厳しく接してしまった。

よく考えれば——いや、考えるまでもなく、俺が彼に対しそんなことをする義理はない。警視庁に協力要請はしたものの、それ以上の繋がりはないわけで、部下でもない彼の成長を促《うなが》してやる義務はない。

それでも俺が彼を育てたいと思った根底には多分——彼への恋心があったのだと思う。当然のことながら俺の気持ちは通じることなく、最初のうちは涼也はあからさまに不機嫌になり、俺を無視しようとした。

ホテルのツインルームで一緒に泊まることが決まった際には、この上なく嫌な顔をされたものだ。

下心はなかった——と言い切ることができないのが辛いところだが、その時点では彼をどうこうしたいという気持ちは抱《いだ》いていなかった。と、思う。

意識下では多分欲望も抱いていただろうが、その自覚はなかった。

あれだけの美貌の持ち主だ。同性からそういった目で見られることも多いのだろう。スキンシップが苦手なのも、相手の下心が見えるからではないかと——本人、それこそ自覚していないようだったが——見越していただけに、できるかぎり彼には触れないようにして過ごした。

だが、『blue rose』の策略に陥《おちい》り、彼の手で催淫剤《さいいんざい》を投与されてしまった涼也が苦しげにしている姿を前にした途端、理性の糸がぷつりと切れる音をしっかりと俺は己の耳で聞いていた。

大義名分があるのをいいことに、これでもかというほど彼の華奢《きゃしゃ》な身体を突き上げた。

『もっと……っ……あぁ……っ……もっと……っ』

薬のためだろう、積極的に腰をぶつけてくる彼が求めているのは単なる『欲情』であり、俺自身は眼中にないことなどは勿論わかっていた。

ぶつけどころのない欲情に翻弄《ほんろう》され、のたうちまくる涼也を楽にしてやりたい。その気持ちから始めた行為ではあったが、最後は自分もまた欲情に飲み込まれ、必要以上に彼を求めてしまった気もする。

予想どおりといおうか、人付き合いが得意ではなさそうな涼也は、女性経験もまた、それほどなさそうだった。男性経験は皆無《かいむ》ではなかったかと思われる。

そんな彼ゆえ、薬の影響を受けたとはいえ、自分が乱れに乱れた挙げ句、男に——俺に抱かれたという事実に、相当なショックを受けていた。

『気にするな』

その言葉より、『なかったこと』にしてやったほうが彼も悩むまい、と考え、あたかも何事もなかったかのように振る舞ってはいたが、一度この腕に抱いてしまったあとには、ますます彼への想いが募《つの》っていく自分を制御するのは困難だった。

劣情《れつじょう》を煽《あお》られるというだけではなく、彼の仕草《しぐさ》の一つ一つが可愛くてたまらなくなった。あれこれと思い悩むその姿も、必死に『blue rose』逮捕を考えるその顔も、他人に見せるのが勿体《もったい》ないと本気で考えてしまうほど、愛しくてたまらなかった。

できることならこの腕の中に閉じ込め、誰の目にも触れさせぬようにしたいものだ、と考えていたのが自分だけではなかったということを、すぐにも俺は思い知ることになるのだが、ともあれ、胸に滾《たぎ》る想いは一方通行なのだと思い込んでいた。

まさか涼也もまた、俺に惹かれていてくれたとは嬉しい誤算だった、と、久々の逢瀬《おうせ》を遂《と》げた今、俺の胸の中で安らかな寝息を立てている彼の顔を見下ろす。

自然と顔が笑ってきてしまうのは、今涼也が満ち足りた顔をして眠っているせいだ。

もしもこんなところを人に見られたら――まあ、そんなシチュエーションはどう考えてもあり得ないが――『にやけている』と揶揄されかねない顔で笑っている自覚はある。

にやけもする。絶対にこの腕に抱くことができないと考えていた相手が微睡《まどろ》む顔をこうも間近で見ているのだから、と汗ではりつく前髪をそっとかき上げてやると、涼也は、

「ん……」

と小さく吐息を吐き、俺の胸に顔を埋めてきた。

愛しい、とまたもにやけてしまいながらその背を抱き寄せる俺の脳裏に、俺と同じく彼に

惹かれているライバルの顔が浮かぶ。

あれが相手とは随分、分が悪い、と顔を顰《しか》めてしまうほど、強烈な印象を残すあの男。ライバルだというだけではなく、逮捕の対象でもあるあの男とはこの先も、涼也を巡って対立していくのだろう。

あの男もまた、涼也をひと目見た瞬間に恋に落ちたのだと言っていた。

多分彼の目にも、涼也の美貌以上に彼の人となりが映っていたのだろう。顔に惹かれたというだけなら蹴散らす自信はある。が、奴が顔の美醜《びしゅう》くらいで逮捕のリスクを冒すほどの馬鹿ではないことは、俺が一番理解している。

まったく、厄介《やっかい》な相手に惚れられたものだ、と溜《た》め息をつき、そう思う俺こそが『厄介な男』か、と自嘲する。

好きになった相手とは、切磋琢磨《せっさたくま》し共に成長していきたいと願う。それが俺の愛し方だ。その上、天《あま》の邪鬼《じゃく》ゆえ、優しい言葉をかけるのが照れくさいという欠点をも持っている。

つい皮肉めいた言葉を口にしてしまうが、他意はない、それをようやく最近になって涼也は理解してくれたものの、

『もう』

と口を尖《とが》らせることも多いところを見ると、不満には思っているようだ。

できることなら俺だって、甘い台詞を囁《ささや》いてやりたい。そういう意味では臆面もなく歯の

浮くような台詞を吐ける例のライバルを羨《うらや》ましく思うこともあるが、言葉にせずとも気持ちは伝わっているに違いない、と、腕の中の涼也の額にそっと唇を押し当てる。

俺のような刑事になりたい、刑事として成長したいのだと真摯《しんし》な瞳で告げた彼。言葉だけではなく、実際行動にも起こしているという彼もまた、俺と共に成長していきたいという願いを抱いてくれている。それがわかるだけにますます彼への愛しさが増していく。

彼が俺を目標とすると言うのなら、俺は常に彼の数歩先を歩んでいられるよう更に成長する必要がある。だがそのことへの努力は明日に持ち越し、今はこうして腕に眠る彼の——稀《き》代《だい》の怪盗をも虜《とりこ》にした『花嫁』の、いかにも幸せそうに微睡む顔を見て癒《いや》されることとしよう、と、俺は、涼也の額に再び唇を押し当て、

「ん……」

と、また満足そうな吐息を吐きながら、俺の胸で身体を丸める華奢なその背を独占する幸福を、しみじみと噛《か》み締めたのだった。

あとがき

はじめまして&こんにちは。

このたびは二十四冊目のルチル文庫『花嫁は二度さらわれる』をお手に取ってくださり、本当にどうもありがとうございました。

本書は二〇〇六年にアイノベルズ様より発行いただいたノベルズの文庫化となります。個人的に本当に思い入れのある大切なこの作品を、こうして再び皆様にお届けできますことを、物凄く幸せに思っています。改めましてルチル文庫様、そして担当のO様に心より御礼申し上げます。

ICPOの刑事・素敵だけれど嫌みばかりを言うキース・北条と、エリート街道まっしぐら——のはずが、コンプレックスも多い美貌の警視庁の刑事、涼也に、金髪碧眼の美形の怪盗（！）『blue rose』が絡んでくるというお話となりましたがいかがでしたでしょうか。

蓮川愛先生の超超超美麗なイラストともども、既読の方にも未読の方にも楽しんでいただけるといいなとお祈りしています。

実はこの作品、私にとって五十冊目（二〇〇六年発行当時）という節目の本だったのでした。当時のあとがきを抜粋させていただきますね。

＊　＊　＊

今回はなんと怪盗ものにチャレンジさせていただきました。いつもの二時間サスペンス調よりも更にドラマチック、かつエンターテインメントに溢れた作品を目指したのですが、いかがでしたでしょうか。皆様に少しでも楽しんでいただけましたらこれほど嬉しいことはありません。

今回イラストをご担当くださいました蓮川愛先生に、この場をお借りいたしまして心より御礼申し上げます。

イラストは蓮川先生で、と担当様よりお話をいただいたときから、どんな話にしよう〜と本当に楽しみにしておりました。

一見クールビューティ、でも実はナイーブで少し抜けてるエリート警察官、怪盗をも惑わす美貌の持ち主の涼也を、ホルスターがめちゃ似合う！　傍若無人なＩＣＰＯの敏腕刑事、野性味溢れるハンサムガイのキースを、そして！　今回私の激ツボ！（勿論主役の二人も本当に素敵なんですが）金髪碧眼の超美形青年貴族ローランドを、本当にどうもありがとうございました。

キャララフをいただいたとき、あまりの素敵さに、まさに幸せの絶頂という気分を味わわせていただきました。

ラフの中でサングラスをかけたキースがホルスターをし、上着を肩にかけていたイラストがあったのですが、担当様と二人で「かっこいいですよね～!!」と小一時間、ずっとそのことばかりを話していました。涼也のウエディングドレスも素敵でした。

唯一の心残りは、ローランドをカラーで見ることができなかったことでしょうか……って当て馬なので当然と言えば当然なのですが（笑）。我がキャラながら、蓮川先生のイラストを拝見したときから私はもうローランドの虜です。お忙しい中、本当に素敵なイラストをどうもありがとうございました！

＊＊＊

怪盗ものを書きたい、と言ったとき、当時の担当様は「勘弁してください」と最初仰ったのですが、結局は快く（かな・笑）引き受けてくださいました。

その後、ドラマCDにもしていただいた本作は、私にとっても本当に思い出深い作品となりました。

今回ルチル文庫様より発行していただくにあたり、当時のファイルを開き、皆様からいただいたアンケートを読み返してみたのですが、本当にたくさんの皆様から「続編が読みたい」というお言葉をいただいており、改めて胸を熱くしました。

大変お待たせしましたが、四月に本作の続編を発行していただける予定となっています。

こちらも少しでも皆様に楽しんでいただけるといいなとお祈りしています。

次のルチル文庫様でのお仕事は、三月に『ＪＫシリーズ』の新刊を発行していただける予定です。

こちらもよろしかったらどうぞお手にとってみてくださいね。

また皆様にお目にかかれますことを、切にお祈りしています。

平成二十三年一月吉日

愁堂れな

（公式サイト「シャインズ」http://www.r-shuhdoh.com/）

✦初出　花嫁は二度さらわれる…………アイノベルズ「花嫁は二度さらわれる」
(2006年5月刊)
微睡む花嫁…………………………書き下ろし

愁堂れな先生、蓮川 愛先生へのお便り、本作品に関するご意見、ご感想などは
〒151-0051 東京都渋谷区千駄ヶ谷4-9-7
幻冬舎コミックス　ルチル文庫「花嫁は二度さらわれる」係まで。

幻冬舎ルチル文庫

花嫁は二度さらわれる

2011年2月20日　第1刷発行
2016年5月20日　第3刷発行

✦著者　愁堂れな　しゅうどう れな

✦発行人　石原正康

✦発行元　株式会社 幻冬舎コミックス
〒151-0051 東京都渋谷区千駄ヶ谷4-9-7
電話 03(5411)6432[編集]

✦発売元　株式会社 幻冬舎
〒151-0051 東京都渋谷区千駄ヶ谷4-9-7
電話 03(5411)6222[営業]
振替 00120-8-767643

✦印刷・製本所　中央精版印刷株式会社

✦検印廃止

ISBN978-4-344-82176-7　C0193　Printed in Japan